FUSION FANTASTIC STORY
자미소 장편소설
GRAND SLAM
그랜드슬램

그랜드슬램 6

자미소 장편소설

초판 1쇄 찍은 날 § 2017년 2월 17일
초판 1쇄 펴낸 날 § 2017년 2월 24일

지은이 § 자미소
펴낸이 § 서경석

편집책임 § 이창진

펴낸곳 § 도서출판 청어람
등록번호 § 제387-1999-000006호
등록일자 § 1999. 5. 31
어람번호 § 제1-2636호

주소 § 경기도 부천시 부일로 483번길 40 서경B/D 3F (우) 14640
전화 § 032-656-4452 팩스 § 032-656-4453
http://www.chungeoram.com
E-mail § chungeorambook@daum.net

ISBN 979-11-04-91216-0 04810
ISBN 979-11-04-91038-8 (세트)

GRAND SLAM
FUSION FANTASTIC STORY
자미소 장편소설
6
그랜드슬램
도서출판 청어람

CONTENTS

GRAND SLAM
그랜드슬램

Chapter 44

결승전으로 향하는 길

"와하하하!!!"

일행끼리 단출하게 모인 식사 자리.

박정훈의 호탕한 웃음이 천장을 뚫고 하늘까지 치솟을 기세다.

'한국 테니스의 역사를 새로 쓰다'라는 상투적인 의미 때문에 기쁜 것이 아니다.

진희가 이제껏 한 번도 이기지 못했던 선수를 상대로, 가장 중요한 순간에 이긴 것이 너무나 기뻤던 것이다.

감정 표현이 서툰 강춘수와 강혜수도 어쩐 일로 만면에 미소가 가득이다.

"힝… 눈 아파."

얼마나 울었는지, 진희가 벌겋게 부어오른 눈을 하고 밥을 먹고 있었다.

퉁퉁 부어서 눈동자가 잘 보이지 않을 정도였는데, 그럼에도 식욕은 왕성했는지, 벌써 강혜수의 세 배는 먹어치우고 있었다.

그 모습이 또 귀여워서 모두 웃음 지었다.

"너무 과식하진 마……."

스윽—

자신의 눈을 비비려 손을 든 진희의 팔을 붙잡은 영석이 손수건으로 진희의 눈두덩이를 닦아주었다.

"앗, 차가!"

진희는 몸서리를 쳤지만, 영석의 손길을 피하진 않았다.

그렇게 왁자지껄하게 식사를 마친 일행은 차 한 잔씩 마시며 얘기를 나눴다.

영석은 계속해서 진희의 옆자리에 앉아 눈을 못 비비게 말렸다. 그쯤 되면 진희도 안 할 법한데, 개구쟁이 같은 미소를 지은 진희는 영석이 자신을 신경 쓰는 것이 못내 즐거운 듯 놀리듯이 손을 들었다 내렸다 했다.

"이제 세미파이널이야. 어때?"

박정훈이 대화의 포문을 열었다.

영석은 물론이고, 진희 또한 훌륭하게 QF에서 이기고 올라왔으니, 이제 각자 두 번의 경기만 치르면 길고도 길었던 호주 오픈도 막을 내리는 것이다.

"지치네요, 정말."

대답은 엉뚱하게도 이재림이 했다.

시합도 하지 않는 처지의 이재림이 이런 대답을 하는 게 맥락 없게 느껴지기도 했지만, 이재림의 말이 의미하는 바를 아는 일행은 조용히 고개를 끄덕였다.

'지치지. 암…….'

영석은 고개를 끄덕였다.

—세상에서 가장 힘든 스포츠는 무엇일까?

라는 우매한 질문은 차치하더라도, 테니스라는 종목은 정말 이지, 가혹한 일정을 거듭해야 한다. 국내에서 실업 선수가 되는 게 삶의 목표인 사람들에겐 해당되지 않지만 말이다.

우선, 계절을 무시하는 일정이 문제다.

세계를 부평초처럼 떠돌아다니며 시합을 해야 하니, '추워서 못 해요'라는 변명은 통하지 않는다. 1월부터 11월까지… 12월 단 한 달을 제외하면 단 며칠도 쉬지 못하는 게 테니스 선수의 삶이다.

어느 대회든, 열흘에서 2주일가량 진행이 된다. 평균적으로 3세트 경기는 대략 1~2시간 내외로 끝나는데, 이런 경기를 매일매일 치른다.

하나의 대회가 끝나면 다른 지역으로 이동해서 숙소를 잡고 대회 준비를 한다. 그 시간은 아무리 길어도 1주일 안팎. 제대로 쉴 틈조차 없다.

예능을 찍고, 광고를 찍고, 사교 모임에 나가고… 이런 것들은 세계 톱을 노리고 있는 선수들에겐 해당될 수 없는 것들이다.

물론, 강제성은 없다.

'아, 올해는 이 대회에 별로 참가하고 싶지 않아'라고 선수가 정할 수 있다.

물론, 그렇게 되면 손실되는 랭킹 포인트는 아무도 책임져 주지 않는다.

랭킹이 낮으면, 랭킹 포인트를 얻기 위해 많은 대회에 참가해야 한다.

랭킹이 높으면, 랭킹 포인트를 방어하기 위해 많은 대회에 참가해야 한다.

테니스 라켓을 잡은 순간, 그 누구도 편하게 호의호식할 수 없는 세계에 발을 들이밀게 되는 것이다.

이재림의 경우엔, 인터내셔널 시드니와 호주 오픈에 연달아 참가하게 되며, 본격적인 성인 무대에 처음으로 입성하게 된 것이니만큼, 고작 두 개 대회였지만, 나름 느끼는 바가 있었던 것 같았다.

"아직 투어 돈 지 얼마 되진 않았지만, 저는 괜찮아요. 맛있는 거 잘 먹고 영양제 먹고 잘 자면 되겠죠, 뭐."

비너스와의 사투가 바로 방금 전이었지만, 진희는 대수롭지 않다는 듯 답했다.

질문을 한 건 박정훈이었지만, 최영태의 눈이 영석에게 향한다.

'넌 어떤데?'라는 눈빛이다.

"전 괜찮습니다."

영석의 단답에 고개를 끄덕인 최영태가 입을 열었다.

"스케줄 점검하자."

"네."

강춘수가 벌떡 일어나서 준비된 A4용지 묶음을 모두에게 한 부씩 나눠줬다.

"……"

"……."

A4 묶음은 세 장으로 구성되었는데, 첫 장은 남은 호주 오픈 일정이었다.

종이 뭉치를 받아 든 진희가 중얼거렸다.

"낮이라……."

호주 오픈은 이제 총 4일 남았다.

남은 4일 중 첫째 날.

Day(낮)는 Women's Singles Semifinal이라 적혀 있었다. 두 경기 모두 치른다.

Night(밤)는 Men's Singles Semifinal이었다. 남자의 경우 한 경기를 치른다.

즉, 영석과 진희는 바로 내일 SF를 치르게 되는 것이다.

둘째 날은 남은 남자 경기 하나와, 남자 복식, 여자 복식, 혼합 복식의 세미파이널이 치러진다.

셋째 날은 Women's Singles Final이 예정되어 있다. 총 세 가지의 복식 중 두 개의 결승들도 치러진다.

그리고 마지막 날에 남은 하나의 복식 결승과 대망의 Men's Singles Final이 예정되어 있다.

파락파락— 종이 넘기는 소리가 사방에서 들려온다.

두 번째 종이는 세미파이널에서 맞붙을 선수들의 정보가 있었다.

각자 어떤 상대를 꺾으며 SF까지 올라왔는지 세세하게 적혀 있었다.

⟨David Nalbandian⟩

⟨Justine Henin—Hardenne⟩

"페더러를 '또' 이겼구나."

영석이 자신도 모르게 말을 내뱉었다.

이번 대회 10번 시드인 날반디안이 6번 시드인 페더러를 4라운드에서 꺾은 것이다.

'그' 페더러가 6번 시드인 것 자체는 놀랍지 않았다.

'아직 개화하지 않았으니까…….'

아쉬움이 물밀듯 밀려온다.

스스로가 무엇을 기대했는지 정확히 설명할 수 없었지만, 무작정 안타까운 기분이 들었다.

불쑥 꿀렁거리는 마음을 애써 다잡을 뿐이었다.

'…아쉽군. 한번 붙어보고 싶었는데.'

눈을 차갑게 가라앉힌 영석이 말을 삼켰다.

분명 상대는 날반디안이었지만, 그 상대에 집중이 되지 않았다.

제법 유명하고, 실제로도 잘하는 선수이지만, 질 것 같은 기분은 들지 않았기 때문이다.

*　　　*　　　*

눈을 조금 내려 하나 더 적힌 이름을 훑는다.

'여자 테니스는 진짜… 호랑이 굴이네. 나보다는 진희가 또 문

제구나…….'

쥐스틴 에냉.

그 유명한 쥐스틴 에냉이 진희의 SF 상대로 정해진 것이다.

이번 대회 5번 시드인 그녀는 비너스에 못지않은 강자였다.

물론, 비너스는 2번 시드였기 때문에, 직접적인 비교를 통하자면 비너스가 더 난적이었지만 말이다.

어쨌든, 에냉은 영석의 상대인 날반디안하고는 클래스가 다른 선수였다.

'아직까진 메이저 우승을 못 했었구나.'

강춘수는 각 선수의 이력까지 상세하게 정리했기 때문에 한눈에 선수에 대한 정보를 알 수 있었다. 남은 A4용지들에는 각 선수의 성향과 기술, 특성 등이 상세히 적혀 있었다.

모두 5분여 동안, 자료를 보느라 여념이 없었다.

'위키가 따로 없군.'

영석은 혀를 내둘렀다.

이 정도면 한 개인이 하는 조사치고 너무나 훌륭했기 때문이다.

"뭐, 여기까지 온 이상, 모든 선수가 다 너희보다 한 수 위라고 생각하는 게 마음 편하겠지."

최영태가 침묵을 깨고 불쑥 정답을 제시했다.

정론은 늘 옳다. 그리고 허황되게 들린다.

사실은 QF까지 갈 것도 없이 3, 4라운드 때부터 자신들보다 훨씬 랭킹이 높은 선수들을 격파했었던 영석과 진희였다. 세삼 상대 선수의 이력에 놀랄 이유도, 필요도 없는 것이다.

"오늘 마사지받고 자. 진희는 낮에 시합하니까 컨디션 관리 잘 하고."

"넵!"

진희가 활기차게 대답하더니 의자에서 벌떡 일어나 다짜고짜 영석의 팔을 잡아끈다.

"…응??"

"사안채액 갑시다아!"

진희가 제멋대로 가락을 붙여 노래하듯 영석에게 산책을 강요(?) 했다.

"그래, 그래."

영석이 피식 웃으며 자리에서 일어나 진희에게 팔을 내주었다.

"개운하다."

영석과 진희는 어스름한 달빛을 더듬으며 자박자박 걸음을 옮겼다.

진희는 양팔을 번쩍 들어 기지개를 펴며 후련하다는 듯 입을 열었다.

"뭐가."

영석은 진희의 마음을 짐작하면서도 물어줬다.

애써 숨기고 있지만 어깨가 들썩거리는 모습에서 물어봐 주길 원하고 있음을 단박에 알아차릴 수 있기 때문이다.

"드디어 내 앞의 벽을 하나 깼어. 틀림없이 난 성장했어!"

진희는 다부지게 외쳤다.

눈을 질끈 감으며 외치는 그 모습이 귀여워 영석은 진희의 머리를 쓰다듬었다.
"…내가 뭐랬어. 이길 거랬지?"
"그건 세레나 아니야?"
"……."
호칭에서 '언니'가 빠졌다.
먼 존재가 아닌, 쓰러뜨려야 할 상대로 확실하게 인식한 덕분이다.
"아무튼, 앞으로도 그 자매랑은 몇 년은 부딪히겠지?"
"…한 10년은 되지 않을까? 서로 부상만 없으면 15년도 가능하다고 봐."
영석의 속 편한 대답에 진희가 얼굴을 와락 구긴다.
"이겼다고 기뻐할 때가 아니네. 2세트는… 한심했어. 처음부터 3세트의 감을 유지했으면 한 세트 뺏길 이유가 없었는데……."
인간은 미혹되기 쉬운 존재이다.
'결과는 중요치 않아. 과정이 중요하지'라고 입으로는 떠들어대면서도, 정작 성과와 실적, 결과가 세상을 이루는 전부라고 생각하기 쉽기 때문이다.
특히 스포츠 선수는 더더욱 그렇다. 하나하나의 시합에 일희일비하기 쉽다.
하지만 영석과 함께 자란 진희는 영석과 마찬가지로, 정신적으로 허점이 거의 없었다.
이겼다고, 금세 세상이 자기 것이라도 된 것처럼 굴지 않았다.
"그래도 오늘은 김진희 20년 인생 최고의 경기였어."

"헤… 정말?"

진희가 탐색하듯 영석의 안색을 살피며 짓궂은 표정을 지었지만, 영석은 푸근하게 웃으며 고개를 끄덕일 뿐이었다. 그리고 고개를 들어 진희의 마음을 쓰다듬을 말을 했다. 이겼지만, 이기기까지의 과정에서 패배로 멍이 들 수밖에 없었던 마음을 말이다.

"그 어떤 위대한 선수도 오픈 시대(테니스에서, 출전 자격에 제한을 두지 않게 된 시대. 이전엔 특정한 자격—국적, 아마추어 자격 등—을 만족해야 대회에 참가할 수 있었다) 이후로 테니스 선수로 살다 보면 수십 번은 져. 우리라고 예외는 아니야."

"헤에……."

진희는 어디 들어나 보자는 마음으로 영석에게 집중하기 시작했다.

'나는 몰라도 네가… 수십 번을 져?'

말로 뱉지 않아도 눈빛에서 그 뜻이 전해져서 괜히 머쓱해진 영석이 말을 빠르게 뱉었다.

"계속해서 투어를 돌다 보면 상성이 안 좋은 상대도 만나. 비슷한 스타일의 다른 선수는 이겨도, 꼭 그 선수만 만나면 패배하는? 그런 천적 말이야."

"윌리엄스 자매가 그렇지. 상성이 안 좋다기보다, 그냥 걔넨 실력이 좋을 뿐이지만."

진희가 쓰게 웃으며 영석의 말을 받았다.

"그래서 진희 네가 대단한 거야. 한 번도 이기지 못하고 패배하기만 했던 시합의 상대… 굉장히 껄끄럽겠지. 2세트에서 말리면서 분위기까지 내줬고. 그런데 넌 그걸 극복한 거야."

"헤헤……."

대놓고 칭찬을 듣자 진희의 안색이 벌겋게 물든다.

"앞으로도 자주 만날 거야. 네 실력도, 그들의 실력도 출중하기 때문에 파이널, 세미파이널, 쿼터파이널… 진짜 자주 만나겠지. 넌 오늘 자격을 얻었어."

"무슨 자격?"

영석이 한 템포 쉬고 목을 가다듬고는 진중하게 말했다.

"'오늘은 꼭 이겨야지!'라는 생각보다 '오늘도 이겨볼까?'라고 생각할 수 있는 자격."

"……."

"오늘의 넌 축하받을 자격이 있어. 기뻐할 자격도 있고."

와락—

그 말이 끝나자 진희가 격하게 영석을 끌어안았다.

"…너한테 칭찬 듣고 싶었어."

"…응."

어스름하다고 느껴졌던 달빛이 마치 태양처럼 쨍쨍 내리쬐는 느낌이다.

* * *

세미파이널이 펼쳐지는 날 오전.

진희의 시합이 시작될 코트 관중석에 자리 잡은 일행은 에냉과 진희가 몸을 풀고 있는 현장을 보고 있었다.

강춘수와 강혜수는 영상을 찍기 가장 좋은 위치에 있었고,

박정훈과 김서영은 기자 신분이라 별도의 지정석에 자리하고 있었다.

영석과 같이 앉아 있는 건, 이재림과 최영태뿐이었다.

펑!!

팡!!

산책이라도 하듯, 가볍게 걸어 다니며 부드러운 스윙으로 천천히 공을 주고받는 두 선수의 모습에서 세계 톱 플레이어의 휘광 같은 것이 어른거리는 듯했다.

"멋지다……."

이런 경험은 처음이다.

진희의 시합을 관전한 경험이 몇 번인가. 수십 번은 될 것이다.

그러나 오늘처럼 상대 선수에게서 눈을 못 떼는 경험을 하게 된 건, 영석의 인생에서 처음 있는 일이었다.

저벅저벅.

흰색 모자를 깊게 눌러쓴 에냉이 천천히 베이스라인 좌우를 걸어 다니며 말 꼬랑지 같은 뒷머리를 휘날린다. 딱 보기에도 키가 '굉장히' 작았다.

"170㎝도 안 되는 거 아니야……?"

옆에서 이재림이 중얼거렸다.

그 정도로 에냉은 작았다.

그러나…….

쉬익— 펑!

"……!!!"

가벼운 백핸드였음에도 영석은 등골을 타고 흐르는 전율을 주체할 수가 없었다.

"……."

"……"

옆에서 이재림과 최영태도 말문을 잃고 에냉이 뚫어질 듯, 하염없이 반짝이는 눈빛으로 멍하니 있을 뿐이었다.

'원 핸드 백핸드…….'

그렇다.

에냉은 그 드물다는 원 핸드 백핸드, 그것도 여자 선수 중에서 원 핸드 백핸드를 구사하는 선수였던 것이다.

"아름다워……."

본인도 백핸드에 많은 애착이 있어서일까.

영석은 입을 떡 벌리고 에냉의 움직임 하나하나를 놓치지 않았다.

휠체어를 탈 땐 영석 또한 원 핸드 백핸드를 사용했기 때문에 더더욱 그녀의 원 핸드 백핸드에 빠져들 수밖에 없었다.

남자 선수의 10%가 원 핸드 백핸드를 구사한다면, 여자 선수의 1%가 원 핸드 백핸드를 구사한다. 복합적인 이유가 있을 것 같지만, 결정적인 이유는 단순하다.

투 핸드 백핸드에 비해 훨씬 어렵기 때문이다.

에냉 말고도 원 핸드 백핸드를 구사하는 여자 선수는 몇 명 있지만, 높은 기량의 원 핸드 백핸드를 구사하는 건 결단코 에냉을 제외하면 한 명도 찾아볼 수 없다.

'저거… 가스케만큼 잘하는 거 아니야?'

영석은 불쑥 US 오픈 주니어에서 만난 가스케를 떠올렸다.

남자 선수 중에서도 '당대 최고'를 노릴 만큼 뛰어났던 가스케의 백핸드와 비견할 만했다.

에냉의 백핸드는 그만큼 놀라웠다.

'용케 지금까지 안 만난 게 신기하다. 그치, 진희야?'

그제야 생각이 진희에게까지 뻗어 나간 영석이 진희에게 시선을 돌렸다.

저벅저벅—

펑!!

진희는 크게 두 걸음을 걷고 귀찮은 파리를 쫓듯, 굉장히 '일상적인' 느낌으로 라켓을 휘둘렀다.

진희 특유의 간결하면서도 히팅 포인트가 정확무비한 투 핸드 스트로크가 에냉으로 흐르던 공기를 일순 뒤바꾼다. 진희는 에냉의 놀라운 퍼포먼스에도 아무런 영향을 받지 않은 것처럼, 편안한 안색이다.

그런 진희를 본 에냉의 안색이 기대감과 투지로 번들거리기 시작했다.

"그래, 진희 넌 그거면 돼……."

상대가 불이든, 벼락이든… 진희는 진희의 스타일로 대응한다. 그리고 종래엔 자신의 의도대로 게임을 풀어나간다.

어느 능력 하나 부족함이 없는 진희였기에 가능한 일이다.

부우—

서로 스매시와 서브까지 치며 몸을 푼 두 선수는 가벼운 신호음에 벤치에 앉아 땀을 닦으며 시합 전, 자신을 점검할 수 있는 마지막 시간을 가졌다.

*　　　　*　　　　*

펑!!

그 누구와의 비교도 거부할 정도의 옹골찬 소리가 코트를 쩌렁 울린다.

쉬익—

뱀이 머리를 쳐들고 공중으로 날아올라 목덜미를 물어 챌 것 같은 구질의 공.

에냉의 백핸드가 여지없이 훌륭하게 발휘됐다.

"훅, 훅……."

거친 숨소리와 달리, 차분한 표정으로 진희가 발을 놀린다.

얼마나 눌러 쳤는지, 에냉의 공이 바운드되자마자 낮게 깔리며 계속 고속으로 뻗어갔다.

쉬익! 펑!!

포핸드로 응수한 진희의 선택은 스트레이트.

다시 한 번 에냉의 백핸드를 받아내겠다는 심산이다.

번쩍—

그 선택에 잠시 울컥한 것일까.

번뜩이는 에냉의 눈에서 투기가 쏘아져 나간다.

쿵!!

굳건한 의지를 담은 발이 필요 이상으로 강하게 코트를 내리찍는다.

쎄엑!

온몸에 힘이 들어갔을 터인데도, 한 점 군더더기조차 느껴지지 않는 백핸드 스윙이 펼쳐졌다.

라켓이 아니라 그 손에 칼이 들렸으면 그 누구도 막을 수 없을 것같이 느껴지는 신속의 발도술이 공기를 길게 찢어놓는다.

꽈앙!!!

공은 차마 터질 것 같은 몸뚱이를 간신히 건사하고 빠르게, 더욱 빠르게 돌진했다. 코스는 크로스.

'이럴 줄 알았지.'

의식이 애드 코트에 쏠려 있던 진희가 지체 없이 몸을 날려 공에 근접한다.

아무리 빠르고 강한 공이어도, 예상하고만 있다면 얼추 대응할 수 있었다.

쉬익—

공을 마중 나가는 진희의 투 핸드 백핸드 스윙은 속도에서도, 기세에서도, 에냉의 것과는 차이가 있어 보였다.

공이 거트에 닿기 전까지는 말이다.

"지금!"

기합 대신 단호한 외침을 뱉은 진희가 임팩트 순간에 모든 집중력을 쏟아부었다.

쾅!!!

에냉의 백핸드 이상의 타구음이 길게 고막을 진동시킨다.

진희의 선택은 이번에도 스트레이트.

에냉의 듀스 코트로 쏘아진 공이 어찌나 빨랐는지, 발에도 자신이 있었던 에냉이었지만, 그저 쫓아가서 간신히 넘기는 수밖에 도리가 없었다.

"……!!"

하지만 진희는 어느새 네트 앞에서 만반의 준비를 하고 있었다.

둥실—

공이 떠오르고

팡!

산뜻한 스텝과 함께 진희의 발리가 공을 가볍게 두들긴다.

툭, 툭.

상쾌한 타구음이 울려 퍼지며 공이 두 번 바닥에 튕기자, 진희는 양팔을 번쩍 들었다.

"게임 셋 원 바이……."

우와아아아아아아아아———!!!

"진희는 완벽한 카운터야."

비너스를 물리치고 에냉을 맞이하며 활짝 개화한 진희의 재능에 홀린 것일까.

최영태가 멍하니 중얼거렸다.

강렬한 공을 더욱 강렬하게 돌려주는 것에 특화된 선수들을 일컬어 '카운터'라고 한다.

남의 힘을 이용해 되돌려주는 만큼, 빠른 발, 비범한 시력과 터치 감각, 그리고 집중력이 필요했다.

진희에게 딱 알맞은 스타일이었던 것이다.

짝짝짝—

영석은 자신의 손이 찌릿찌릿 아플 정도로 박수를 쳐댔다.

'이겨서 다행이야.'

"…석! …이영석!!!"

툭—

이재림이 영석의 몸을 가볍게 흔들자 그제야 최영태가 목소리가 들렸다.

어느새 감격을 털어냈는지, 최영태는 다시 긴장감을 끌어 올리고 있었다.

영석이 자신을 돌아보자 최영태가 나직하게 말했다. 환호성에 묻혀 들릴 리 없는 목소리가 선명하게 영석의 귀를 파고들었다.

"이제 너야."

씨익—

영석은 흐뭇한 얼굴을 지우고, 살벌한 웃음을 지었다.

"이제 접니다. 드디어."

* * *

날반디안.

2003 호주 오픈 10번 시드의 강자인 그는, 테니스 선수라면 그 이름쯤은 그냥 '상식적인 수준'에서 알 수 있는 선수이다. 사실 영석이 뚜렷하게 기억할 이유는 없다는 것이다.

세계 랭킹 1위를 해보기는커녕, 메이저 대회 우승을 단 한 번도 해보지 못한 선수이기 때문이다.

그럼에도 영석이 날반디안을 기억하는 이유는 단순하다.

'페더러 킬러'이기 때문이다.

영석이 휠체어를 몰고 다닐 당시, 테니스 불모지인 대한민국에서 스포츠 뉴스에 테니스라는 종목이 나오는 경우는 한정되어 있었다.

1)페더러가 계속 1위다. 100주! 200주!

2)페더러가 졌다!

3)이형택 선수의 승전보.

4)이영석 선수의 장기 집권.

이 중 2)에 해당하는 경우를 가장 많이 만들어낸 선수는 단연코 나달이다.

그리고 그 뒤를 이은 선수가 날반디안이다.

날반디안은, 페더러에게 승률이 앞선 몇 안 되는 선수 중 한 명이었다.

그뿐인가. '황제 잡는 혁명가' 나달도 심심찮게 이겼었다.

"…대단하군."

영석은 자신과 함께 몸을 풀고 있는 날반디안을 슥 훑어보고는 간단히 평했다.

180㎝의 작은(?) 신장임에도 거구라는 느낌이 들게끔 하는 풍채였다. 온몸이 두꺼운 근육으로 칭칭 감겨 마치 헤비급 격투기 선수와 같은 인상을 주었다. 입고 있는 스포츠웨어가 가련할 정도로 몸통이 통나무와 같았다.

그뿐인가.

날카롭게 선 오똑한 콧날과 대비되는 다소 멍하게 보이는 눈이 이상하게 사람을 두려움에 빠지게 만들었다.

'마피아 같군. 나랑 사핀이랑은 비교도 안 되네.'

영석 자신도 어디 가서 꿀리지 않을, 당당한 체구를 가졌지만, 날반디안과 비교하면 홀쭉한 느낌이 들 정도였다.

'이것저것… 재밌게만 해주면…….'

영석은 자신이 기억하고 있는 정보를 머릿속에서 말끔히 비워냈다.

중요한 건 이 선수가 지금 4강전에서 자신과 맞붙을 사람이라는 것, 단 한 가지였다.

*　　　*　　　*

호주 오픈, 프랑스 오픈, 전영 오픈, 전미 오픈…….

네 개의 메이저 대회에서 남자 선수의 시합과 여자 선수의 시합의 가장 두드러진 차이는 딱 하나다.

세트 수가 바로 그것인데, 남자 선수의 경우 5세트 경기를 펼쳐서 3세트 선취할 경우 승리한다. 여자 선수는 3세트 경기를 펼쳐서 2세트 선취할 경우 승리하게 된다.

이 차이는 단순해 보이지만, 생각보다 큰 차이를 야기한다.

'…….'

특히 시합을 설계하는 것을 즐겨 하는 영석에겐 더더욱 말이다.

'보자……. 서브는 어떨까.'

1세트의 서브권은 날반디안이 가져갔다.

살기를 품고 있는 특유의 눈으로 시종일관 영석을 쏘아보니,

더운 날씨에도 제법 오한이 들 정도였다.

퉁, 퉁, 퉁…….

볼키즈에게 공을 받은 날반디안이 듀스 코트에서 서브를 준비한다.

공을 바닥에 한 번 튕길 때마다 긴장감이 물씬 피어오르기 시작한다.

자동차에 살짝 시동을 걸듯, 영석은 그 박자에 맞춰 몸을 들썩거렸다.

훅―

여느 선수와 비슷한 높이의 토스가 이어지고, 날반디안은 왼손을 하늘로 높게 뻗으며 멋있는 트로피 자세를 선보였다. 그 모습이 마치 하나의 굳건한 석고상 같아 보였다.

훙!

곧이어 웅혼한 스윙이 펼쳐졌고, 공은 찌그러지듯 몸을 꼬며 괴로움을 호소했다.

펑!!! 쉬이익―

"응?"

네트를 넘어오는 공을 지그시 응시한 영석은 긴장감이 일거에 흩어지는 걸 느꼈다.

쿵.

의아함을 감추지 못한 영석은 센터로 꽂힌 서브를 처리하기 위해 두 팔을 뒤로 쭉 당겼다가 풀었다.

쾅!!!

날반디안의 서브를 가볍게 상회하는 위력의 백핸드 스트로크가 레이저처럼 쭉쭉 뻗어간다.

구기 종목에서의 공이 일반적으로 포물선을 그리며 날아가는 것과는 달리, 영석의 공은 완벽한 직선을 그리며 베이스라인에 그대로 꽂혔다.

쿵.

“러브 피프틴(0 : 15)!”

영석은 고개를 홱홱 돌리며 목을 풂과 동시에 자신의 손을 내려다봤다.

‘그때 그 이상한 슬로모션은 아닌 것 같고…….’

애드 코트로 걸어간 영석이 상체를 훅— 숙이고 라켓을 손 안에서 홱홱 돌리기 시작한다.

한 바퀴, 두 바퀴…….

그에 맞추듯, 날반디안은 공을 천천히 바닥에 몇 번 튕기곤 또다시 토스했다.

살짝 경직된 것처럼 보이는 몸짓에서, 그가 얼마나 긴장했는지 알 수 있었다.

휘익—

공을 따갑게 쏘아보는 날반디안의 뺨에서 식은땀 한 줄기가 주륵— 흐른다.

훙!!

다시 한 번 웅혼한 소리가 들려온다. 라켓이 대기를 가르는 소리다.

펑!!

“…….”

공이 네트를 넘어온다.

'또 센터… 아웃이군.'

영석은 공이 바닥에 찍히기도 전에 긴장을 살짝 풀었다.

"아웃!!"

부심이 크게 외친다.

'느려. 200은 나오나, 이거? 뭐지? 서브가 왜 이래?'

전광판을 휙 보자 204㎞/h라는 속도가 보인다.

당연히 엄청난 속도는 아니지만, 크게 모자란 속도도 아니다.

'200은 넘었었군… 그럼 속도의 문제가 아니라 이건데…….'

날반디안의 서브에선 위력 자체를 찾아볼 수 없었다.

'이 정도의 서브면… 이재림 것보다 조금 나은 정도. 아, 그 정도인가……?'

영석 스스로도 자신이 지금 무슨 생각을 하고 있는지, 정리되지 않은 언어로 표현될 뿐이었다.

"후우……."

이상한 부분에서 머리를 쓰게 되자, 영석은 크게 심호흡을 한다.

이재림과 퓨처스 결승에서 맞붙었을 때가 불현듯 떠오른다.

분명히 날반디안의 서브는 이재림의 서브보단 낫다. 하지만 그때보다 지금이 훨씬 반응하기 편했다.

'성장한 건가……?'

세계 최고의 서브를 자랑하는 로딕을 물리치고 나서, 영석은 서브에 대한 모든 능력이 상승했었다. 거기에 덧붙여 숨 쉴 틈 없는 호주 오픈의 일정이 영석의 성장을 지속적으로 가능하게끔 만들었다.

그 사실을 어렴풋이 인지한 영석은 가늘게 몸을 떨었다.

성장, 그리고 또 성장.

본인이 의식하지 못할 정도의 엄청난 성장은 큰 희열을 선사했다.

'세컨드 서브는 어떤가 보자.'

희열에 떨 시간은 짧았다.

영석은 날반디안을 해부하듯 냉철한 눈으로 바라보았다.

그 서늘함은, 날반디안의 것 못지않았다.

퉁, 휙!

세컨드 서브는 퍼스트 서브와는 템포가 달랐다.

휘릭! 펑!!

날카롭게 퍼지는 파공음이 무색치 않게, 날카로운 회전을 입은 공이 휘어져 들어온다.

'제법!!'

끼긱, 끽.

무려 세 번의 잔스텝을 동원해서 공의 지척에 도달한 영석이 팔을 크게 휘둘렀다.

잔망스러운 스핀을 압도적인 힘으로 눌러 버릴 심산이었다.

펑!!!

코스는 스트레이트.

완벽한 직선은 아니지만, 톱스핀을 잔뜩 먹은 공이 둥글게 포물선을 그리며 나아갔다.

하지만 그 선택은 영석에게 악재로 돌아갔다.

두두두두두…….

육중한 덩치에 걸맞게 날반디안은 큼지막한 스텝으로 공을 향해 달려갔다.

화려함이나 우아한 모습은 찾아볼 수 없는 단순함. 그러나 그 단순함의 효과는 제법 뛰어났다. 그 덩치에서 선보일 수 있는 최대치의 속도로 영석의 공을 따라잡은 것이다.

휘익—

꾸득, 까드득.

크게 테이크 백을 하고 폭발할 것 같은 흉포함을 쇠심줄 같은 팔에 담는다. 근육이 터질 것처럼 팽팽하게 부풀어 오르며 기괴한 소리를 낸다.

"후우우웁!!!"

꽈아아앙!!

쉬—

"……!!!"

서브 때보다도 훨씬 큰 기합과 함께 날반디안이 쏘아낸 러닝 포핸드는 한없이 늘어져 있던 코트 위의 긴장감이란 줄을 단숨에 베어버렸다.

"큭!!"

이 놀라운 포핸드에 관중은 물론이고, 영석조차 식겁했다.

타다다닷!! 끼긱, 끼, 끽!!!

카칵!!

역동작이고 뭐고, 출발 자체가 늦은 영석은 공에 못 닿을 걸 알면서도 몸을 던졌다.

신속을 자랑하는 다리가 눈부시게 빛을 발하고, 사력을 다해 긴 팔까지 뻗었건만, 공은 이미 지나간 후였고, 영석은 넘어지지 않기 위해, 라켓을 땅에다 박을 수밖에 없었다.

"휴……."

시합 시작부터 꼴사납게 땅에 구르기 싫다는 영석의 의지가 크게 작용한 덕일까.

기우뚱거리는 몸을 간신히 세운 영석이 심호흡을 하고는 눈을 도끼날같이 치켜떴다.

'그래. 이 자리는 세미파이널. 쉽게 볼 수 있는 선수는 아무도 없어.'

굳이 최영태의 말을 떠올리지 않더라도, 이 같은 그라운드 스트로크를 보면 정신이 번쩍 들 수밖에 없었다.

휘익— 펑!!!

…여전히 긴장감을 흩트려 놓는 날반디안의 서브가 아무리 만만하더라도 말이다.

*　　　*　　　*

1세트 첫 번째 게임부터 영석은 브레이크에 성공했다.

운이 나쁘게도(?) 날반디안은 포인트를 딴 후 행해진 세 번의 서브에서 모두 퍼스트 서브를 성공시켰고, 그 헐렁한 공은 영석의 먹잇감이 될 수밖에 없었다.

그리고 1세트 두 번째 게임, 영석의 서브 게임.

쾅!!!

"피프틴 러브."

쾅!!

"서티 러브."

쾅!!

"포티 러브."

쾅!!

"게임 이영석."

와이드, 와이드, 센터, 와이드.

영석은 단 네 개의 플랫 서브로 두 번째 게임을 손쉽게 가져왔다.

네 개의 공 모두 라인 위를 찍었다. 일류의 플레이어도 결코 받아낼 수 없는 코스로 말이다.

평균 구속 228㎞/h.

소요된 시간은 단 2분 14초.

"……."

질식할 것 같은 침묵이 수천 명을 질리게 만들었다.

자연스럽게 포악함을 흘렸던 날반디안의 얼굴이 시체처럼 허옇게 질려 있었다.

'흠. 좋군.'

정작 이 기적 같은 플레이를 선보인 영석은 스스로 고양될 법도 한데, 냉정하고도 침착한 상태였다.

벌써 1세트 게임 스코어 2 : 0.

영석은 확실하게 자신의 서브 게임만 킵해도, 6 : 4로 1세트를 가져갈 수 있는 상황이다.

'내 서브 게임은 절대 안 뺏기지.'

반면, 날반디안의 입장에선 영석의 서브 게임을 두 번 브레이크해야 경기를 원점으로 돌릴 수 있다.

경기 시작 후 단 10분.

겨우 네 방의 서브가 승부의 저울추를 한쪽으로 기울어지게끔 만들었다.

*　　　*　　　*

시합은 끓어오르는 긴장감 없이 진행이 되었다.

다만 아는 사람들에겐 칼날 같은 예기가 폭풍처럼 몰아치는 시합으로 보였다.

"……."

침묵을 지키는 진희는 양 주먹을 꽉 쥐고 분노와 부러움, 조급함이 뒤섞인 감정을 마구 표출해 냈다.

"…그러지 마."

최영태가 진희의 머리를 거칠게 쓰다듬으며 위로했다.

"…서브 하나가 이렇게 경기를 쉽게 만드는 건 처음 봤어요……."

'나는 그렇게 죽을 둥 살 둥 하며 시합했는데……'라는 뒷말을 삼킨 진희가 눈 한 번 깜빡이지 않고 영석을 바라봤다.

쾅!!

영석의 서브 에이스는 3세트에 이르러 무려 50개째를 기록하고 있었다.

날반디안의 턱 끝에는 핏방울이 아롱아롱 매달려 있었다.

분에 못 이겨 입술을 잘근잘근 씹다 못해 피가 터져 나온 것이다.

"……!!"

리턴을 준비하던 날반디안은 자신의 손등에 핏방울이 떨어지자 잠시 손을 들고는 볼키즈에게 손짓했다. 볼키즈가 도도 달려와 수건을 건넸다.

코 밑을 거칠게 훑은 날반디안이 수건을 휙 던졌다. 성질머리가 느껴지는 행동이었다.

"…읍!"

때마침 불어온 미풍에 볼키즈가 수건을 놓치고, 수건은 너풀거리며 날아가 코트 안쪽에 떨어졌다.

"……!!"

볼키즈가 어쩔 줄 몰라 하자, 날반디안이 가는 한숨을 내뱉고는 천천히 걸어가 수건을 주워 들어서 물끄러미 자신의 핏자국을 살펴봤다.

"Give me."

볼키즈는 그런 날반디안에게 겁도 없이 다가가 수건을 돌려달라고 말했고, 날반디안은 피식 웃었다. 살기등등한 마피아 같은 사나이가 푸근하게 웃자 공기가 가벼워지는 것 같았다.

"I'm Sorry."

볼키즈의 머리를 한차례 쓰다듬은 날반디안이 다시 자신의 자리로 돌아와 리턴을 준비했다.

훅!!

날반디안이 자리로 돌아오자 영석은 지체 없이 토스를 올렸다.

휘릭!! 쾅!!!

엄청난 고도에서 쏟아지는 폭포수 같은 서브가 다시금 작렬했다.

아무리 긴장을 하고 있어도 움찔 놀랄 수밖에 없는 강맹한 서브다.

하지만…….

촤르륵!!

서브는 네트에 꼬라박혔다.

'쳇. 흐름이 끊겼어.'

아쉬움을 뒤로한 체, 영석이 세컨드 서브를 쳤다.

펑!!

스핀을 잔뜩 먹은 공을 기다리고 있는 건, 살기를 내뿜는 날반디안의 라켓이었다.

"끙!!!"

쾅!!!

귀를 저릿저릿하게 만드는 파공음과 함께 영석은 자신의 의식한 공으로 공이 쏘아지자 다리를 놀렸다.

"흡!!"

펑!!!

영석의 백핸드 또한 세계 톱 레벨이었다. 하지만 날반디안의 옹골찬 타구음에 비하면 무엇인가 손색이 느껴졌다.

아니나 다를까.

투두두, 둥!

팡!!

네트로 무작정 돌진한 날반디안이 라켓을 곧추세워 발리를 가볍게 대었다.

쉬익—

"에휴."

그 어떤 발악을 해도 따라갈 수 없는 곳에 공이 떨어지자, 영석은 한숨을 쉬며 다리를 멈추는 수밖에 없었다.

'이 패턴이 몇 번째인지…….'

아무리 기계같이 정교한 최고의 서버도 퍼스트 서브를 100%의 확률로 꽂아 넣을 순 없다. 영석의 퍼스트 서브 성공률은 80%에 조금 못 미치는 정도.

나머지 세컨드 서브는 독이 오른 날반디안에게 가뭄의 단비 같은 존재였고, 날반디안은 그런 상황을 놓치지 않았다.

"이기고 있어도 쫓기는 기분이란 말이야……."

나직하게 약한 소리를 한 영석이 볼키즈에게 공을 받기 위해 몸을 돌렸다.

*　　*　　*

날반디안은 어떤 한 분야에선 최고의 수준에 오른 선수다.

바로 '그라운드 스트로크'다. 강약, 코스의 깊이 조절, 좌우 반경까지… 그의 스트로크는 다채로웠으며 무엇보다 강했다.

빠른 발과 정교하면서 힘까지 탁월한 영석을 상대로도 랠리전을 이어가면 열 번 중 예닐곱 번은 자신의 포인트로 가져갈 정도였다. 특히 두꺼운 몸통을 제대로 살려 강하게 힘을 싣는 스트레이트는 막을 도리가 없었다.

'이 부분은 당대 최고를 논할 수 있지.'

포핸드는 '세계 최강의 포핸드' 곤잘레스와 비등한 정도였고, 투 핸드 백핸드는 영석이 만났던 그 어떤 선수보다 탁월했다. 그뿐인가. 육중해서 그렇지, 발 또한 제법 빨라서 네트 앞까지 금방 달려 나와 맥없는 공은 칼처럼 처리한다.

드롭샷, 로브 등의 터치 감각을 필요로 하는 공에도 수준급의 능력을 보여줬다.

자칫하다가 랠리가 4, 5구 이상으로 길어지면 승부의 행방은 알 수 없게 된다.

즉, 영석이 더욱더 서브에 집착할 수밖에 없는 상황이 연출된 것이다.

자신이 앞서는 것 하나에 매달려야 한다는 것.

이런 경험은 처음이었다. 굴욕감 비슷한 게 느껴지기도 했고, 당연하다고 생각되기도 했다.

'하지만 그뿐이야.'

그러나 영석은 자신이 확실하게 비교 우위에 선 부분을 굳건하게 지켰다.

1세트를 상대의 역량을 파악하는 데 썼던 모습조차 보이지 않았다. 두 선수의 서브 능력은 하늘과 땅 차이였으니 말이다.

경기를 쉽게 풀어나갈 수 있는데, 일부러 어려운 길로 돌아가는 짓 따윈 할 생각도, 할 의지도 없었다.

퉁, 퉁, 퉁, 퉁, 퉁…….

볼키즈에게 공을 받은 영석이 공을 다섯 번 튕기는 루틴을 행했다.

마음이 차분하게 가라앉으며, 방금 전의 포인트가 머릿속에서 분해되어 흩날린다.

지금 영석의 의식은 너무 갈아서 끝이 한없이 날카로워진 바늘 같은 상태다.

'서브를 못하면……'

휙—

높게 올린 토스.

지겨울 정도로 봐왔던 호주 하늘의 구름이 노을을 배경으로 흐드러지게 펴졌다.

쉭— 쾅!!!

소름 끼치는 소리와 함께 공이 터질 듯 쏘아진다.

둥실— 탁.

공중에 떠 있던 영석의 발이 땅에 닿기도 전에 공은 네트를 넘었다.

쿵!!

끽, 카각!!

날반디안이 사력을 다해 팔을 뻗었지만, 공은 라켓 테두리를 살짝 스치며 지나갔고, 날반디안은 라켓을 땅에 던졌다.

'반쪽이지.'

영석이 시린 웃음을 지으며 경기를 마무리 짓는 순간을 만끽했다.

푹푹 찌는 호주였지만, 가볍게 이긴 탓일까. 몸이 산뜻했다.

"게임 셋 매치 원 바이……."

심판의 선언이 끝나기도 전에 날반디안이 네트 앞에 와 있었다.

하지만 영석의 시선은 강인한 정신력, 흠을 잡을 수 없는 그라운드 스트로크를 제대로 발휘하지 못해 분노를 곱씹고 있는 날반디안을 향하지 않았다.

그 너머.

결승전을 바라볼 뿐이었다.

Chapter 45

결승전을 앞두고

영석의 세미파이널이 끝난 날 밤 10시.

탁―

택시에서 내린 영석과 진희는 조금은 지친 기색으로 멜버른공항 전경을 올려다보았다.

최영태가 보호자 격으로 둘과 함께 나와 있었다. 할 일이 없는 이재림도 밤공기 마신다는 핑계로 함께 나와 있었다.

공항 안으로 진입하자 사람들이 우글우글거렸다.

복잡한 인파에 몸에서 절로 땀이 나는 것 같은 기분이었다.

휙―

"경기가 빨리 끝나서 다행이다."

이재림이 영석에게 수건을 던지며 말했다.

"다행이지."

수건을 받아 든 영석이 목덜미를 닦았다.

냉동실에 얼려둔 수건이어서 그런지, 살갗에 닿을 때마다 흠칫흠칫 놀라게 된다.

"이놈의 호주는 씻고 나와도 땀이 주륵주륵… 아, 덥다."

영석이 푸념하자 진희가 물병을 건넸다.

진희의 눈은 반쯤 감겨 있었다.

"졸려?"

"조금… 습관인가."

진희는 공항 특유의 낯섦과 설렘이 가득한 느낌을 온몸으로 맞이하자, 곧바로 눈이 껌뻑이기 시작한 것이다.

물을 한 모금 마신 영석이 쓰게 웃으며 진희의 머리를 쓰다듬는다.

"우웅……."

그 손길이 포근했는지, 진희는 곧장 영석의 품으로 파고들어서 얼굴을 영석의 어깨에 대고는 나른하게 호흡을 이어갔다. 부드럽게 감은 눈, 그 끝에 달린 섬세한 속눈썹들이 파르르, 파르르 진동한다.

"어디 아픈 덴 없지?"

"…응. 긴장이 풀렸나 봐."

진희는 오늘 하루 일정이 비어 있었다.

낮에 영석과 함께 연습을 하며 살짝 몸을 푼 것 외에는, 활동적인 건 아무것도 하지 않고, 체력을 보존하는 것에 몰두했다.

물론, 영석의 경기를 응원하기도 했으나, 시종일관 압도적인 경기 전개 탓에 별다른 에너지 소모는 없었다.

"왔다."

어린것들(?)이 서슴지 않고 애정 행각을 했지만, 익숙한 듯 조금은 떨어져 있던 최영태가 나직하게 말했다.

"진희야, 이제 마중 가자."

"응."

그제야 품에서 떨어진 둘은 빠르게 걸음을 옮기기 시작했다.

*　　　*　　　*

훅—

그 느낌이란 건 굉장히 오묘하다.

피가 이어져서일까.

어디에 있는지 정확하게 파악이 안 돼도, 같은 공간에서 같은 공기를 마시고 있다면 틀림없이 알아차린다.

그럴 때면, 이성과 논리의 신봉자라 하더라도 육감이라든가 하는 것들의 존재에 마음이 흔들릴 수밖에 없다.

'냄새…….'

강남 한복판에 있는 빌라 단지 입구에 들어서면 느낄 수 있는 냄새가 있다.

조경에 신경을 쓴답시고, 이름 모를 나무들을 그득히 심어놓아서 젖은 풀의 향이 시큼하게 코끝을 간질이는… 영혼에 새겨진 냄새.

드르륵—

수많은 캐리어의 바퀴들이 바닥을 긁어대고 있지만, 어떤 예감이 강렬하게 꽂힌다.

'이 소리는 분명……'이라며 확신하게 된다.

"……!!!"

영석의 시야에 익숙한, 너무나도 익숙한 존재들이 천천히 들어오기 시작한다.

느닷없이 안면 근육들이 씰룩이며 표정을 자아낸다. 거뭇하게 내려앉은 피로가 일거에 사라지며, 피부가 밝게 빛났다.

자신의 의지인 것 같기도, 그렇지 않은 것 같기도 한 신체의 반응을 영석은 미처 의식하지 못했다. 그저 자연스럽게 외칠 뿐이었다.

"엄마!! 아빠!! 이모!!"

* * *

"오셨습니까."

공항 밖을 나가자마자 들리는 침착한 목소리. 강춘수다.

"…주무시고 계시라니까요. 택시 타고 가면 되는데……."

"……."

영석이 한숨을 쉬며 타박 아닌 타박을 했지만, 강춘수는 묵묵부답으로 항의했다.

'이런 부분은 참 완고하단 말이지.'

친분으로 인한 조금의 느슨함, 혹은 무례함은 전혀 찾아볼 수 없는 존재가 강씨 남매다.

그래서 더더욱 믿음직했다.

"호텔까지 모시겠습니다."

"차 갖고 오셨어요?"

영석이 당황한 듯 물었다.

"이 시간대에 돌아다녀서 혹시 모를 불상사가 생기기보단, 차 타고 가는 게 더 나을 것 같아서 몰고 왔습니다."

말하고 있는 강춘수의 뒤로 눈에 익은 승합차 한 대가 서 있었다.

영석에게, 아니, 한국 사람에게 친숙한 로고를 단 승합차였다. 그 익숙한 로고란, 'KIA'의 로고였다.

2002년부터 호주 오픈의 공식 메인 스폰서 자격을 가진 기아는 이런 식으로 선수들의 이동에 필요한 차량을 지원해 주기도 한다.

더군다나, 영석과 진희는 한국 테니스계의 보물.

기아로서는 더욱더 신경을 써주고 싶은 게 인지상정이었다.

"……."

영석은 철두철미한 강춘수의 행동력에 기가 찰 뿐이었다.

* * *

세계에서 한 손에 꼽을 수 있는 엄청난 규모의 스포츠 축제, 호주 오픈.

시합이 진행되는 2주 동안 호주 멜버른은 불야성(不夜城)이다.

세계 각지에서 몰려오는 관광객들과, 테니스 팬들로 인해 거리는 늘 축제다.

우웅, 웅…….

빠르게 지나가는 바깥 풍경을 뒤로하고, 일행은 애틋함을 나누고 있었다.

영석의 부모님과 진희의 부모님, 그리고 이유리가 아이, 최승연를 안고 좌석에 앉아 있었다.

"기특한 것."

한민지가 옆에 앉은 영석의 머리를 안고 마구마구 뽀뽀를 퍼붓는다.

쪽쪽쪽…….

이현우는 자신보다 훨씬 커진 아들의 등을 하염없이 쓰다듬었다.

최영애는 부모에게 순서를 양보(?)한 것인지, 아쉬운 기색으로 영석을 바라볼 뿐이었다.

"우리 딸, 우리 딸……."

진희의 부모님은 어지간한 남자보다 큰 진희를 품에 안고 눈물을 뚝뚝 흘려댔다.

"아이 참, 왜 울고 그래……. 누가 보면 우승한 줄 알겠어."

"그냥… 기특하고 예쁘고, 대견스러워서……."

고작 두 달밖에… 혹은 벌써 두 달이나…….

한동안 못 봐서 그런지, 부모님들은 눈시울을 붉혔다.

가끔 전화로 목소리를 듣거나 티비로만 소식을 전해 듣다 보니, 막상 대면하자 감정을 추스를 수 없었던 것이다.

'킁…….'

이재림은 괜시리 콧날이 시큰해졌다.

아웅다웅 싸우기만 했던 엄마가 보고 싶어진 것이다.

"재림아, 이리 와라."

이현우가 구석에 앉아 있는 이재림을 불렀다.

"……."

이재림이 말없이 일어나 이현우 옆에 앉았다.

한동안 한 지붕 아래에서 살았던 이재림이었기에, 이현우도, 이재림도 서로에게 편했다.

와락—

이현우가 이재림을 강하게 안았다.

"고생 많았다. 기죽지 말고… 아직 기회는 많아. 초조해하지도 마."

"…네, 아저씨."

'이 부자(父子)는 하는 말이 어째 똑같은지 원'이라는 생각이 들었지만, 못내 그 품이 따뜻해서 이재림은 편안한 미소를 지었다.

"일단 늦었으니까 주무시고 내일 아침에 만나는 걸로 하죠."

최영태가 마치 가이드처럼 일행을 통솔하며 나름의 일정을 얘기했다.

"최 선생. 방 안 모자라요?"

이 시기의 호주에서 투숙할 방을 새로 잡는 것은 거의 불가능하다.

이현우가 근거 있는 의문을 제기하자 최영태가 답했다.

"박 기자님이랑 김 기자님까지 해서 저희가 방을 7개 잡고 있습니다. 적당히 나눠서 쓰면 될 것 같습니다. 방도 넓으니 말이죠."

뚜벅—

호랑이도 제 말 하면 온다고 했던가.

박정훈이 반가운 목소리로 외쳤다.

"아이고! 이제 오셨습니까!"

"박 기자님!"

"하하, 이거 두 선수… 아니, 두 영웅께서 매일매일 엄청난 경기를 펼쳐주시니 이거 기사 정리할 게 산더미더라고요. 마중 나가지 못해서 죄송합니다. 김 기자 이 자식은 벌써 뻗었는지, 불렀는데도 안 나오더라고요."

박정훈이 넉살 좋게 얘기하며 호주로 온 부모님들을 환영했다.

"자자, 일단 오늘은 피곤하실 텐데, 일단 잡시다. 벌써 11시예요."

그렇게 5분여를 얘기 나눴을까.

왁자지껄 시끄럽게 떠들며 대화하고 싶은 것이 산더미 같았지만, 일행은 모두 뿔뿔이 흩어졌다.

*　　　*　　　*

다음 날.

일행은 연습을 위해 코트에 나와 있었다.

"일일신우일신(日日新又日新)… 정말 아이들은 성장이 빠르네요."

영석의 부모님, 그리고 최영애가 입을 쩍 벌리고 영석과 진희가 연습하고 있는 모습을 지켜봤다.

본인들이 한가락 실력을 갖춰서 그런지, 더더욱 자식의 모습에서 비범함을 찾아내기 용이한 것이다.

"영석이야 훌쩍 커서 조금 체감이 안 되는데, 진희는 정말 많이 늘었네요……. 진희 엄마. 진희 참 잘해요."

"그, 그래요?"

뭐가 대단한지 잘 모르고 있는 진희의 부모님은 한민지의 말에 어색하게 웃으며 대답했다.

아무래도 자식이 세계 최고를 다투고 있는 만큼, 본인들도 애를 써서 테니스를 배우고는 있지만, 아무래도 톱 프로의 기량을 판단할 잣대는 갖기 힘든 상태였다.

"물론이죠. 아, 쟤들 쉴 때 우리랑 복식 시합 한번 해줬으면 좋겠다. 떼쓰면 되지 않을까……? 안 그래, 여보?"

한민지가 주책을 떨었다.

이현우는 쓰게 웃으며 답하지 않았고, 절친인 영애가 답했다.

"게임비로 천만 원을 줘서라도 그러고 싶네."

둘은 뭐가 좋은지 서로의 농담에 파하하 웃음을 터뜨렸다.

'참… 대단한 보호자들이야.'

그 광경을 흐뭇하게 보던 박정훈이 농담의 대열에 합류했다.

"아버님, 어머님. 그 호주 오픈의 결승입니다, 결승. 지금 두 선수는 수만 명의 모래알 같은 선수들 위에 군림하고 있다고요. 천만 원은 제가 허락 못 합니다."

"엄머? 박 기자님이 왜 허락을 못 해요?"

한민지의 타박에 다시 한 번 꺄르르 웃음이 번진다.

펑!! 펑!!

한편, 영석과 진희는 어른들이 떠들거나 말거나 열심히 몸을 놀리고 있었다.

둘은 모두 침착하게 집중하고 있었다.

하지만 진희는 서서히 끓렁거리며 움직이는 용암을 보는 것 같은 기세를 보였다.

〈세레나 윌리엄스〉

오늘 저녁에 치러질, 사상 최대의 적에 맞서 진희는 한없이 긴장하고 있는 것이었다.

자연스레 실전을 방불케 하는 공을 주고받게 됐다.

타닷, 휙!!!

진희의 열기에 전염이 됐을까.

빠르게 스텝을 밟고, 팔을 크게 뒤로 뻗은 영석이 순간 움찔한다.

크게 부풀어서 옷 위로도 불룩 솟았던 광배근이 가늘게 떨린다.

'…릴랙스.'

하지만…….

펑!!!

쉬익―

공은 쏜살같이 쏘아졌다.

진희의 반응을 아득히 웃도는 공의 위력은 진희로 하여금 대응하기 힘들게 만들었다.

세레나를 상정한 훈련이었지만, 세레나는 영석만큼의 공을 못 친다. 당연하게도 말이다.

"그만!"

최영태가 추상같이 외쳤다.

영석과 진희는 둘 다 움찔하며 몸을 멈췄다.

"영석이 넌 나와. 내가 해야겠다."

영석과 진희가 아무리 비슷한 속도로 성장을 해도 둘은 성별이 달랐다.

둘의 차이는 '수준의 차이'가 아니라, 어쩔 수 없는 '성별'의 차이다.

"넵."

영석이 냉큼 고개를 끄덕이며 코트를 나갈 준비를 했다.

'40대 중반의 코치님이면… 확실히 효과가 있을 거야. 연구도 많이 하셨을 거고. 2, 30분 정도라면 체력적인 문제도 없고.'

스윽, 슥.

트레이닝복 상의를 벗자 근육으로 뒤덮인 최영태의 상체가 불끈거린다.

휙—

코트 옆으로 빠진 영석이 공을 진희에게 던져주고, 사제(師弟)는 랠리를 시작했다.

펑!!

펑!!

과연, 최영태와 진희의 신체 능력은 거의 호각이었다.

힘과 발의 속도는 최영태가 조금 더 앞섰고, 그 외 나머지 능력은 진희가 앞섰다.

최영태는 본인의 스타일을 철저하게 버리고, 세레나의 스타일대로 몸을 움직였다.

펑!!

치명적인 코스로의 레이저 같은 스트로크가 송곳처럼 코트의 구석구석을 찌른다.

진희는 차분하게 하나하나의 공을 처리했다.

'앞으로 몇 구 내에 어떻게 전개를 해야겠다'라는 설계는 하지 않았다.

한 구, 한 구… 침착하게 공을 따라붙어 순간순간 할 수 있는 가장 최고의 반응에 주력했다.

펑!!!

쉬익—

강한 공엔, 더 강한 공으로.

치명적인 코스로 쏘아진 공엔 어떻게든 따라붙어 똑같이 치명적인 코스로 되돌려준다.

비너스와의 접전에서 꽃피운 카운터로서의 기질이 공을 하염없이 날카롭게 다듬는다.

'하지만 세레나는 그 정도는 받아낼 수 있어.'

자신이 밤낮없이 분석한 세레나는 진희 정도의 공에 눌리지 않았다. 회심의 카운터는 일격필살의 의지를 담은 세레나의 스트로크에 번번이 녹아내렸다.

이를 앙다문 최영태가 한층 더 빠르게 움직였다.

*　　　*　　　*

"세레나는 비너스보다 더 작아. 170대지."

"맞아요. 몇 번이나 붙어봤으니까요……."

마무리로 행해질 진희의 리턴 연습을 앞두고 최영태와 영석, 그리고 진희는 머리를 맞대고 얘기를 나눴다.

"말인즉, 높이에서 나오는 속도이기보단, 힘과 순간적인 스피드로 공에 속력을 부여하는 타입이야. 음, 나보다도 빠르니 이건 내가 도와줄 수 없겠다."

"괜찮아요."

벌떡—

말을 뱉은 영석이 냉큼 일어나 공을 들고 베이스라인에 섰다.

훅—

공이 높게 토스됐다.

"여기서……."

휘리리릭!!

몸이 재빠르게 회전해서 펄럭이게 된 옷이 공기를 간지럽히며 소리를 낸다.

"조금만 눌러 치면……."

쾅!!

쉐엑—!

평소의 빛살 같은 속도의 스윙이 아닌, 미세하게 느린 스윙이었다.

쿵—

공은 네트 너머 서비스라인에 한 번 찍히더니 낮게 깔리며 바운드됐다.

"얼추 비슷한 궤도가 나와요. 속도는… 아마 210㎞/h 정도?"

탁.

둥실 떠올랐던 몸을 착지한 영석의 안색은 편안했다.

설명까지 주절거리면서 행한 서브라고는 믿기지 않는 위력에 진희와 최영태는 아연실색했다.

'저 정도 속력의 서브를 자유자재로 조절하다니… 어디까지 괴물 같아질 거냐.'

10㎞/h 안팎의 속도를 조절하는 섬세함.

코스는 물론 ㎜ 단위로도 조절이 될 것이다.

가장 놀라운 것은 스핀을 마음대로 설정할 수 있다는 것. 스핀을 조정한다는 것은 바운드, 즉 튀어 오르는 공의 궤도 자체를 자신의 의도대로 할 수 있음을 뜻한다.

"세상에……"

그늘진 좌석에서 아이를 안고 있던 이유리도 이 놀라운 광경을 보고 경악했다.

아까 힘 조절을 못 한 그라운드 스트로크에 비교하면 영석의 서브 능력이 어느 수준인지조차 짐작이 되지 않았다.

최영태는 놀란 속을 가라앉히려 애를 썼다.

제자는 더 이상 자신에게 배울 것이 없을뿐더러, 그 누구에게 가르침을 받을 필요도 없어 보였다. 자신의 총체적인 능력 따윈 제자에게 한 줌 부스러기 같을 것이란 생각이 들었다.

진희는 몸을 부들부들 떨어댔다. 그리고 크게 외쳤다.

"이이이이… 멋진 녀석! 나 빨리 갈게. 연습하자."

진희의 눈에서 영롱한 투쟁심이 번쩍였다.

*　　　　*　　　　*

저녁 7시에 시작할 결승전을 대비한 것인지, 진희는 낮잠을 청하러 갔다.

말 그대로 운명을 걸고 펼치는 한판, 즉 건곤일척(乾坤一擲)을 위해 맹수는 자신의 힘과 체력을 보존할 필요가 있는 것이다.

진희의 컨디션 조절을 위해 이유리와 최영태가 자청해서 수발을 들러 갔고, 이재림과 박정훈은 응원을 온 가족들과 일행을 이끌고 멜버른의 축제 분위기를 즐기러 떠났다.

위이잉—

부드러운 배기음과 흔들림 없는 차체(車體), 뜨거운 햇볕과는 상관없이 온몸이 얼어붙을 것 같은 냉기를 온몸으로 느끼며, 영석은 부드럽게 파묻히는 시트에 몸을 뉘고 있었다.

"춘수 씨."

너무나 큰 안락함에 흐느적거리는 몸과 정신을 가만히 두며 몽롱함의 유희에 빠진 영석이 나지막하게 강춘수를 불렀다.

"네."

정중한 답이 강춘수에게서 짧게 나온다.

그 일관된 모습에 피식 웃은 영석이 대화를 이으려는 듯, 사소한 질문을 시작한다.

"저랑 진희 상금 관리는 잘되고 있나요?"

…어조와는 달리 전혀 사소하지 않은 질문이었지만, 강춘수는 침착했다.

"두 분의 총상금은 백이십……"

"액수 말고요. 아, 말 잘라서 죄송해요. 들어도 잊어먹을 것 같아서요."

"…그럼……?"

강춘수가 백미러로 뒷좌석에 있는 영석을 힐끗 보고는 물었다.

"음… 그때 말했던 비율이요. 그게 제대로 되고 있는지 궁금해서요. 기부… 는 잘되고 있죠?"

이 영특한 선수의 마음 씀씀이에 번번이 놀라게 되는 이유는 뭘까. 자신은 그렇게 행동하지 못할 것임을 알기 때문이 아닐까.

그런 짧은 상념을 뇌 내에서 흩날린 강춘수는 짧게 고소(苦笑)를 짓고는 짧게 답했다.

"물론입니다."

"……."

이상한 정적이 잠시 흘렀고, 영석은 으차— 소리 내며 몸을 일으켰다.

"그러고 보니, 춘수 씨가 올해 스물아홉이죠?"

"네."

"혜수 씨는 스물여덟이었고요."

"맞습니다."

피 끓는 나이의 두 청춘은 세상 그 누구보다 바쁘고 고되게 움직이는 테니스 선수를 만나서 더욱 정신없는 삶을 살고 있었다.

감상적인 기분이 들었을까. 영석은 조금 사적인 영역의 대화를 시도했다.

"실례가 될 것 같은 질문이지만, 두 분은 연애나 결혼 계획은 없으신가요?”

“음……. 아직 저희 둘 다 짝이 없습니다.”

둘 다 멀끔한 인상의 남녀였으나, 이렇게 선수를 보필하다 보니 자신만의 삶이 있을 리 만무했다.

“한신은행에서 대우는 잘해주는 편인가요?”

“…….”

영석이 한 발 더 나아가 푹 찌르듯 사적인 대화의 영역을 넓혔다.

분명히 실례될 수 있는 질문, 하지만 영석은 나름대로의 의도가 있었다.

“두 분이 저흴 도와준 지 벌써 3년째예요. 신뢰나 유대… 이런 관념적인 단어는 생략하죠. 전 두 분의 수완과 능력을 아주 크게 보고 있습니다. 저희가 시합에만 집중할 수 있게끔 환경을 조성하는 것에 늘 감사를 드리고 있어요.”

영석의 담담한 칭찬에 한차례 몸을 크게 움찔한 강춘수가 얼굴을 붉혔다.

그답지 않은 동요였지만, 영석은 모른 체하며 말을 이었다.

“두 분에게 삶의 여유를 드리고 싶어요. 하지만 시간이라는 형태로는 도와드릴 수 없습니다. 제가 드릴 게 있다면, 물질로 인한 여유죠.”

“저희의 임금이라면 한신은행에서…….”

강춘수가 여전히 그답지 않은 모습을 보이며 빠르게 말을 했지만 영석은 고개를 저었다.

“물론, 두 분은 나이에 비해서 많은 액수의 임금을 받을 거예요. 그래도, 여전히 제 기준에서는 하는 일에 비해 받는 대가가 충분치 않아 보여요."

"……."

강춘수는 별다른 대꾸를 않고 침묵을 지켰다.

영석은 빙긋 웃으며 대화를 마무리했다.

"아직 투어를 많이 돌진 못해서 허황되게 들릴지는 모르겠어요. 그래도 저는 두 분께 꼭 보답을 할 겁니다. 한신은행과는 별도로요. 아……! 다 온 것 같네요. 얼른 주차하고 내립시다."

끽.

영석과 강춘수가 내린 곳.

그곳은 어젯밤에도 왔던 곳, 멜버른공항이었다.

*　　　　*　　　　*

끼릭, 끼릭.

무수한 인파 속에서도 영혼에 각인된 이 소리만큼은 귀에 날카롭게 꽂힌다.

자신을 낮은 세계로 이끈 도구, 그럼에도 세계를 발아래 두게끔 도와준 도구…….

지면과 비벼지는 고무의 마찰음이 둔탁하게 섞여 있는 그 소리는 이제 애증의 차원마저도 초월했다.

그리고 이제는 일말의 따뜻함이 느껴지는 기분이다.

"형!!"

'태수의 목소리가 들리니까.'

영석은 포근하게 웃으며 멀리서 다가오는 일행을 향해 빠른 걸음으로 다가갔다.

끼릭, 끼릭—

"에잇."

벌떡.

일행의 선두에서 열심히 팔을 놀려 영석에게 다가오던 소년, 활기찬 표정에서 그늘 한 점 느껴지지 않는 태수는 답답했는지 벌떡 일어나서 영석에게 빠르게 걸어왔다. 사실은 그냥 평보(平步)였지만, 영석의 눈에는 거의 뛰는 것처럼 보였다.

"……!!"

마치 두 다리가 멀쩡한 사람처럼, 아니, 그 이상으로 박력 있게 다가오는 모습에 영석은 순간적으로 마음이 철렁 내려앉는 기분이 들었다.

"어, 야! 조심……."

와락—

태수는 시끄러운 잔소리가 시작되기 전에 영석에게 거칠게 안겼다.

"해……."

"형 진짜 멋있어! 짱이야!!"

주변 사람들이 흘깃흘깃 쳐다볼 정도로 태수는 크게 소리쳤다.

영석의 가슴팍에서 떨어진 태수가 영석을 올려다본다.

별무리가 마구 쏟아지는 것 같은, 찬란한 눈빛이 아무런 사심 없이 영석의 눈을 헤집고 들어와서 온몸을 휘저었다.

영웅을 바라보는 눈빛.

한국에서 헤어진 지 겨우 3개월. 그사이에 영석은 어린 태수에겐 우상이자 영웅이 되어버렸다.

"……."

그 씩씩하면서 활기찬 모습을 보자마자 자신의 마음이 요동치는 걸 감지한 영석이 아무 말도 못 하고 태수의 머리를 쓰다듬었다.

"아, 안녕하세요!"

두 남자의 박력 넘치는 해후를 지켜보던 일행 중 한 소녀가 바퀴를 밀며 앞으로 나와 영석에게 인사했다.

"아, 형! 나랑 같이 테니스 치는 누나야. 이름은 이나래야."

파리하게 질린 흰 피부가 돋보이는 소녀는 짧은 단발머리가 잘 어울렸다.

"안녕하세요, 태수 형 이영석이에요. 반가워요."

"바, 반갑습니다. 아… 으……."

대차게 인사를 올린 모습과 다르게 이나래는 우물쭈물하며 어쩔 줄 몰라 했다.

영석은 피식 웃으며 물었다.

"테니스는 언제부터……?"

"이, 이제 한 달 쳤어요. 호주 오게 해주셔서 감사합니다!"

문장의 앞뒤가 안 맞는 것에서 이나래의 긴장감이 물씬 전해져 온다.

'이 아이도 다리 하나가…….'

무릎 아래로는 긴 담요를 덮어놨지만, 10년이 넘도록 휠체어를 타고 다닌 영석은 상체의 기울기나, 어떤 '느낌'으로 알아차릴 수 있었다.

"뭘요. 앞으로도 자주 볼 테니까 편하게 대해주세요."

"네, 네……. 오… 빠."

이나래가 오빠라는 파격적인 호칭을 냅다 던지고는 부끄러운 듯 몸을 돌려 일행 속으로 숨는다.

"…하하."

영석은 짧게 웃고 일행을 훑어봤다.

태수의 부모님이 영석에게 고개를 꾸벅 숙였다. 태수 어머니는 눈에 익을 수밖에 없었다. 그 외에도 이나래의 부모님과 코치 두 명이 영석에게 고개를 숙였다.

영석도 고개를 마주 숙이고, 일행을 이끌고 밖으로 향했다.

*　　　*　　　*

펑!!

끼릭, 끼릭—

"허억, 허억……."

6번 코트.

야외에 있는 이 코트에서는 무려 2003년 호주 오픈 휠체어 테니스 단식 결승이 진행되고 있었다.

끽!

팔(八)자로 세워진 바퀴 두 개의 크기는 상당히 커서 선수의 상체와 비등할 정도다.

그리고 작은 보조 바퀴 세 개가 있었다. 뒤쪽으로 두 개, 앞에

한 개 달린 이 보조 바퀴는 움직임을 보다 부드럽고 세심하게 조정할 수 있게 도와준다.

그리고 검은색의 벨트가 선수의 하체를 강인하게 고정해 줘서, 넘어지지 않게끔 돕는다.

다리가 하나만 있는 선수, 둘 다 있는 선수, 아예 없는 선수 모두 걱정 없이 몸을 움직일 수 있을 정도의 강인한 벨트다.

무엇보다 경기에서 쓰이는 휠체어의 가장 큰 특징은 등받이가 없다는 것이었다.

꼬리뼈 위쪽, 6번 척추 정도쯤까지 받쳐주는 판을 제외하면, 그 위로는 휑하다.

"우와……."

태수가 옆에서 연신 감탄을 흘린다.

포인트가 결정되지도, 엄청난 플레이가 나온 것도 아니지만 유별을 떠는 모습으론 보이지 않았다.

소년의 눈에는 저 선수들의 플레이가 세계 톱이기 때문이다.

쿵.

"컴온!!!"

한 선수가 포인트를 끝내고 포효하자 제법 많은 수의 관중들이 엄청난 환호를 보낸다.

"휘이이이익!!"

"화이팅!!"

"……! @%$@#%@%"

알 수 없는 말까지 뒤섞여 코트는 흥분의 도가니장이 되었다.

날씨로 인한 열기와 흥분으로 인한 열기가 뒤섞여 정신을 멍하게 만들었다.

태수도 눈을 질끈 감고 고래고래 소리를 지른다.

"대, 대단하네요."

중년 여성의 목소리가 옆에서 들려오자 영석이 고개를 돌렸다.

태수의 모친이었다. 그녀는 놀란 눈으로 지금의 풍경을 하나라도 놓칠세라 모두 담아두고 있었다.

'그녀에겐 이와 같은 풍경이 크게 놀라울 것이리라'라고 짐작한 영석이 목소리를 키워 설명했다.

"세계 어디에서도 휠체어 테니스는 좋은 대접을 받고 있습니다. 명예는 물론이고, 수익까지 어느 것 하나 모자람이 없지요. 가장 중요한 대회의 개수 또한 여타 다른 종목에 비할 바가 아닙니다. 1년 내내 시합할 수 있죠. 그뿐인가요. 아시안게임, 올림픽까지… 모든 선수들의 염원인 무대에서 활약할 기회도 있습니다."

"그 어린 태수가 '인생을 걸고 해보고 싶다'고 말했을 때도 부모 된 마음으로 허락했던 건데… 실제로 보니까 정말 놀랍네요."

어느새 그녀의 눈길은 바락바락 소리를 지르는 태수에게로 향했다.

놀란 건 태수뿐 아닌지, 이나래와 그 부모도 입을 떡 벌리고 있었다.

영석은 이들을 하나하나 눈으로 담으며 굳건하게 말했다.

"한국에서 휠체어 테니스에 도전하기란, 많이 힘들 수 있습니다. 후진국이라 장애인 스포츠에 대한 인식이 처참합니다. 나라는 물론이고, 기업도 눈을 돌리고 있는 게 현실이죠. 하지만 태수 어머님. 걱정하지 마세요. 제가 돕겠습니다. 길이 막히면 제가 뚫어드리겠습니다. 그러니 태수를 응원해 주세요."

"…왜 우리 태수에게 그렇게까지……."

태수의 모친은 심장이 크게 뛰는 걸 느끼며 영석에게 질문했다.

다음 포인트가 진행되는지, 고요하게 가라앉은 코트의 대기를 건들지 않는, 나지막한 목소리로 영석은 답했다.

"그때, 그 장소에서 저와 만났으니까요."

*　　　*　　　*

휠체어 테니스 단식 결승 관람이 끝나고 가볍게 식사를 한 일행은 한 코트로 향했다.

진희의 결승전을 보기 위함이다.

로드 레이버 아레나(Rod Laver Arena).

이 코트는 오스트레일리아 멜버른의 다목적 경기장이다. 과거에는 센터 코트(Center Court)라는 명칭으로 불렸으며, 2000년 오스트레일리아의 테니스 선수인 로드 레이버를 기리고자 경기장의 명칭을 로드 레이버 아레나로 바꾸었다.

'그랜드슬램…….'

영석은 거대한 관중들의 무리 속에서 스포트라이트를 받고 있는 코트를 멍하니 바라봤다.

한낱 무생물인 코트 주제에, 여느 선수와는 차원이 다른 존재감을 내뿜고 있었다.

아니, 그 존재감을 부여하는 건 영석 자신일지도 모른다.

'로드 레이버라…….'

'로드 레이버'라는 선수는 누구도 부인할 수 없는 최고의 선수다.

오픈 시대 이후 진정한 의미의 그랜드슬램(1년에 4개의 메이저 대회를 석권하는 업적)을 두 차례나 이루어낸 전설적인 선수이기도 하다.

'나도 했지만.'

그뿐인가.

4개의 메이저 대회에 패럴림픽 금메달까지…….

영석은 이미 '골든 그랜드슬램'까지 달성한 입지전적인 선수였던 것이다.

'그래도 이 코트는 특별하지.'

테니스 선수라면 이곳에서 '결승'을 치르는 걸 꿈꾸게 된다.

그건 다양한 경험이 있는 영석에게도 그대로 적용된다.

"우와아아아아—!!!"

이윽고, 2만 명 가까운 관중들이 환호성을 지르기 시작한다.

천지가 개벽하는 듯한 환호성이 정신을 사정없이 흔들어댔다.

"휘이이익!!"

사회자의 소개와 함께 역사적인 이 순간을 위해 두 선수가 코트로 입장했다.

Chapter 46

Women's Singles Final

"삐이이익!!"

짝짝짝—

조금의 소란과 점잖은 박수.

이 두 가지만으로 코트는 끓어오르기 시작했다.

관중이 조금만 움직였을 뿐인데, 물경 2만에 육박하는 숫자가 거대한 무엇인가 꿈틀대는 것처럼 보이게끔 했다.

군중이 만드는 박력과 압도적인 기백이 코딱지만 한 코트 하나에 하염없이 퍼부어지기 시작했다.

"그러고 보니 결승이구나……."

이재림은 멍하니 몸을 풀고 있는 진희를 보며 새삼 깨달았다는 듯, 중얼거렸다.

"……."

지금 이 순간은 무슨 말을 해도 이재림에게 좋게 들릴 것 같지 않아서 영석은 침묵을 선택했고, 이재림은 고개를 홱 돌려 영석에게 삿대질을 하면서 혼잣말을 이었다.

"그리고 너도 내일 결승전……!! 으아아아아!!! 부럽다!!"

본선 1, 2, 3, 4라운드를 거쳐 쿼터파이널, 세미파이널까지…….

어딘가 모르게 꿈꾸듯 친구들의 경기를 관람했던 이재림은 결승전이라는 무대를 직접 목전에 두고서야 현실을 자각했다. 그리고 솔직하게 자신의 감정을 표현했다.

아쉬움과 질투, 그리고 응원이라는 복잡한 마음을 말이다.

"……."

영석은 아예 이재림에게서 신경을 끄고 진희를 봤다.

'침착한 건지, 그러는 척하는 건지…….'

낮잠을 잘 자서일까.

진희의 안색은 실로 편안해 보였다.

저녁이라 그런지, 낮보다는 훨씬 편안한 기온도 진희를 편안하게 만드는 데 일조하는 것 같았다.

하지만 핏기가 살짝 가신 창백한 피부 톤이 자꾸만 영석의 마음을 울렁이게 했다.

부우우-

게임 시작 신호를 알리자 관중들은 한 번 크게 박수를 쳐서 두 선수를 격려하고는, 얌전하게 자리에 앉았다.

고오오오―――

침을 꿀꺽 삼키는 소리, 옆자리의 일행과 수군대는 소리, 휴

대용 망원경을 꺼내는 소리…….

온갖 조용한 소리가 맞물려 코트가 하나의 생물처럼 박동하기 시작했다.

'잘해라.'

그 물결 속에서 영석은 시린 눈으로 진희를 쳐다봤다.

*　　　*　　　*

세레나 윌리엄스(Serena Williams).

테니스라는 종목의 역사를 논할 때, 가장 두드러지게 눈에 띄는 선수 중 한 명인 그녀는, 1981년 9월 26일 미국 캘리포니아주 콤프턴의 빈민촌에서 태어났다.

테니스라는 종목이 갖는 고유의 이미지—부유함, 사치스러움 등—에는 부합하지 않은 시작이었던 것이다.

언니 비너스와 동생 세레나 자매는 4, 5세 무렵, 아버지 리처드 윌리엄스의 지도에 따라 테니스를 시작했다.

가난한 목화 재배 농가의 장남이었던 리처드는 어느 날 텔레비전에서 버지니아 루지치라는 선수가 테니스 대회 우승 상금으로 3,000달러를 받는 것을 보고 두 딸에게 테니스 라켓을 사주었다. '돈이 된다'는 것을 알고 빠르게 자식들에게 테니스를 권한 것이다.

이때부터 마약과 총질로 악명 높은 콤프턴의 아스팔트 코트에서 윌리엄스 자매는 공을 치며 소위 말하는 '아메리칸 드림'을 키워 나갔다.

한 가정에서의 이처럼 사소한 계기가 세계를 뒤흔들 거라고는 아무도 예상하지 못했다.

시도하지 않아서 그렇지, 시도했다 하면 그 종목을 지배하는 흑인 특유의 축복받은 신체 능력을 잘 인식하고 있던 리처드는 엘리트 테니스 교육을 받은 선수들을 제압할 수 있도록 자매에게 강한 체력 훈련을 강조했다.

또한 전력 노출을 우려해 윌리엄스 자매의 주니어 대회 참가를 제한했다(전면 금지는 아니었다). 이 자매는 그래서 다른 프로 선수들에 비해 주니어 무대 경험이 일천하다. 굳이 말하자면, '프로 전향'이 아닌 '프로 진출'인 셈이다.

테니스 비전문가인 리처드가 보인 이와 같은 용단(勇斷)은 자매에게 새로운 인생을 제시하는 첫걸음이 되었다. 그리고 두 자매 모두 위대한 업적을 남겼고, 남기고 있는 상황이라는 훌륭한 '결과'를 보였다.

비너스는 1994년 프로로 진출한 17세의 나이로 1997년 US 오픈 결승까지 올라 준우승을 차지하며 '흑진주'라는 별명을 얻었다. 그런 언니의 뒤를 이어 1995년 프로로 진출한 세레나는 그의 아버지, 리처드의 짐작대로 흑인 특유의 신체 능력을 발휘하여 데뷔 첫해에 세계 랭킹 40위권에 진입했다. 바야흐로 자매의 독식이 시작될 조짐이 보인 것이다.

이후, 1999년 세레나가 US 오픈에서 우승함으로써 먼저 메이저 타이틀을 차지했고, 비너스 윌리엄스는 2000년 윔블던 대회와 US 오픈에서 우승한 이래 7차례 그랜드슬램을 석권했다.

그리고 세레나는 2002년에 프랑스 오픈과 윔블던 대회, US 오픈을 모두 우승해 메이저 3연승을 달성하고 있는 상황이었다.

'저 어린 나이에 벌써 커리어 그랜드슬램을 앞두고 있다니…….'

한국 역사상 첫 메이저 대회 타이틀을 앞두고 있으며 '아시아의 신성(晨星)'으로 불리고 있는 자신과 진희의 입장은 전혀 고려하지 않은 체, 영석은 세레나의 모습을 보고 알 수 없는 긴장감을 느꼈다. 분명 그것은 2016년까지의 삶을 살았던 기억으로 인한 과대평가일 것이다.

'저 자매는 데뷔 후 2016년까지 메이저 대회에서 9번이나 결승을 치렀어. 한 자매가 이토록 세계를 발아래 두고 소꿉장난처럼 WTA를 좌지우지한 적이 있나? 그리고 세레나는… 분명 자신의 언니를 압도했지.'

누군가에겐 꿈과 같은 무대에서, 이 둘은 언니–동생이라는 관계를 갖고 세계 정상을 다퉜다.

테니스에 조금이라도 관심이 있다면, 누구나 다 아는 사실이었다.

170대의 그리 크지 않은 키, 둔해 보일 정도로 박력 넘치는 근육질의 몸, 원초적인 느낌을 주는 야성의 눈빛……. 테니스와는 잘 어울리지 않는 것 같은 세레나는 역설적으로 테니스에 가장 강한 여자다.

그리고 그 여자가 자신의 커리어 그랜드슬램을 위해 3세트 여정의 시작을 알리는 토스를 올렸다.

*　　　*　　　*

펑!!

쉬익—

'빠르다.'

한없이 갈고 갈아서 예리하게 날이 선 상태의 의식.

진희는 공이 라켓에 맞기도 전에 세레나의 서브가 자아낼 위력을 '예감'했다.

쿵!

쉬이익—

센터에 찍히고 자신의 몸을 지나쳐 가려는 공의 위력이 얼마나 대단한지, 이 순간 진희는 같은 테니스 선수로서, 같은 여자로서 여실히 깨달을 수밖에 없었다.

명백히 '여자 테니스'의 규격을 아득히 벗어나는 수준의 서브.

하지만 진희에겐 10년이 넘도록 영석과 함께한 '가락'이 있었다.

'이쯤은……!'

타닷, 탁!

가장 완벽한 리턴을 할 수 있는 위치를 찾는다.

'아냐, 지금은 조금 더 공에 가깝게……!!'

최소한의 시간과 움직임을 소요해 공간을 창출해 낸 진희는, 라켓을 짧게 잡고 허리를 빠르게 꼬았다.

'이미지. 이미지를 그리자.'

그러곤 쏘아져 오는 공을 향해 한 발자국 전진하면서 꼬인 몸을 풀었다.

라켓이란 도구를 의식하지 않고 손바닥으로 공을 치는 자신의 모습을 상상한 채 말이다.

펑!!!

소름 끼치는 타구음과 함께 공은 오픈 스페이스를 향해 놀랍도록 강하게 쏘아져 갔다.

공을 향해 앞으로 한 발자국 나간 진희의 용단은 타이밍과 리턴의 위력 둘 다 일거에 양득할 수 있게끔 만들었다.

공의 기세와 상관없이 정확하게 그 위치를 잡아낼 수 있는 동체 시력, 정확함이라는 하나의 가치를 위해 나머지 모든 능력을 활용하게 만든 결단이 돋보이는 리턴이었다.

쿵!

환상적인 리턴 에이스(리턴으로 포인트를 획득하는 것).

"러브 피프틴!"

짝짝짝…….

한차례의 견제와 그에 대한 응답이 끝났다.

10초 안에 펼쳐진 두 선수의 수준 높은 포인트에 관중들은 압도되어 박수를 보낼 뿐이었다.

"……."

진희를 노려보는 세레나의 눈에서 경악이란 감정은 찾아볼 수 없었다.

마치 이럴 것을 예상이라도 한 듯한 눈빛이다.

'그래, 내가 네 언니를 이겼어. 너도 예외는 아니야.'

이때까지 이 자매에게 사냥당한 굴욕적인 경험에 대한 반동일까.

이 순간, 진희의 기백은 냉정한 사냥꾼의 그것처럼 차가웠다.

1세트 첫 번째 게임은 세레나의 서브 게임을 브레이크하면서 진희가 분위기를 잡았다.

세레나가 정상적인 컨디션에서 자신의 서브 게임을 이토록 허망하게 브레이크당한 건 굉장한 '이변'이었다. 그녀의 서브는 남자 선수의 영역까지 넘보는 것이었기 때문이다.

하지만 역설적으로, 서브가 훌륭한 덕분에 진희의 리턴은 더욱더 찬란한 빛을 발했다.

강렬한 서브에는 더욱 강렬한 리턴으로 되돌려주는 것이 퍼스트 서브에 대한 전략이다.

세레나가 퍼스트 서브에 실패하고, 세컨드 서브로 스핀 서브를 날리면 진희 자신의 힘을 실어 세레나의 발밑에 공을 찔러 넣었다.

물론, 필연적으로 랠리가 길어지는 세컨드 서브에선 진희도 두 포인트 정도 잃었었다.

그리고 1세트 두 번째 게임.

진희의 서브가 시작되었다.

휘리릭!!

펑!!

진희의 퍼스트 서브가 센터를 향해 강렬하게 작렬했다.

코스도, 위력도 나쁘지 않은, 나무랄 데 없는 플랫 서브가 세레나를 향해 위협적으로 짓쳐 든다.

하지만…….

쾅!!!

한 줄기 빛살처럼 느껴지는 세레나의 백핸드 스윙.

통나무 같은 몸통과 족히 60㎝는 될 것 같은 강건한 어깨에서 뿜어져 나오는 거력이 진희가 평생을 걸쳐 이룩한 서브를 한없이 가벼운 것으로 만들었다.

쉬이이익—

'첫. 역시.'

혀를 찬 진희가 예상이라도 한 듯, 애드 코트로 쏘아져 오는 공을 향해 무지막지하게 달렸다.

서로가 서로와 붙은 게 몇 번인가.

이미 세레나의 공에 익숙해질 대로 익숙해진 진희는 놀라거나 감탄하는 것 대신 몸을 놀리는 것에 집중했다.

전력으로 뛰어야 할 땐, 테니스 특유의 우아한 스텝이나, 간결한 스텝을 보일 수 없다.

그저 단거리 육상 선수처럼 온몸을 던져야 할 뿐이다.

다다다다!!!

혼신의 힘을 다해 전력으로 뛰어서 공에 다다른 진희는 라켓으로 공을 긁어댔다.

자리를 잡고, 자세를 갖춘 후 톱스핀을 잔뜩 먹여 강렬하게 처리할, 즉 그라운드 스트로크를 날릴 물리적인 여유가 없었기 때문이다.

받아내기 급급해 보이는 백핸드 슬라이스.

하지만 진희의 진가는 이런 부분에서 발휘됐다.

'이거나 먹어라.'

라켓에 공이 닿는 순간, 진희는 손목을 기묘하게 놀렸다.

극히 미세한 움직임이었지만, 공은 진희의 의도대로 움직였다.

쿵!

슬라이스답게 붕 떠서 느릿하게 네트를 넘어간 공이 바닥에 한 번 바운드된 후 '옆으로' 튀었다. 급격하게 핸들을 튼 듯 거의 직각에 가깝게 옆으로 튄 것이다.

보통 아무리 기교를 부려도 앞으로 향하던 힘이 관성으로 작용하여, 공은 바운드된 후 계속 나아가던 방향으로 나아가고자 한다. 하지만 진희의 터치 감각은 이런 물리 법칙을 최대한으로 비틀었다.

쉬리리릭—

공이 머금고 있는 스핀은 5시 방향.

공이 코트 바깥으로 빠져나가려고 했다. 더군다나 슬라이스여서 공에 실린 힘도 약했다.

'됐어!!'

막연하게 추상적인 감각으로 공을 처리했지만, 그것이 자신의 상상대로 구현되자 진희는 가벼운 전율을 느끼며 자신의 샷에 만족했다.

두두두두두!!

거칠게 코트를 진동시키는 세레나의 발 구름 소리가 들리기 전까지는 말이다.

"끄으으으!!! 악!!"

어느새 뛰어온 것일까.

이미 코트를 벗어난 공을 거의 다 따라붙은 세레나가 팔을 쭉 뻗어 공을 걷어냈다.

완벽하게 예측을 했다 하더라도 받을 수 없었던 공을, 세레나는 초월적인 신체 능력으로 받아낸 것이다.

툭.

건드는 것이 최선이었는지, 공은 약하게 흐물흐물 넘어왔다.

그러나 그 궤도가 상상을 초월했다.

'저런……!!!'

공은 네트 우측에 높게 세워진 엠파이어석의 철골 사이를 통과한 것이다.

그러고는 단식 라인 위에 아슬아슬하게 떨어지더니 그대로 데굴데굴 굴렀다.

우당탕!!

그리고 세레나의 몸도 자신이 보낸 공처럼 데굴데굴 굴렀다.

우와아아아!!!

관중들은 그 자리에서 벌떡 일어나 방방 뛰며 믿지 못할 세레나의 슈퍼 플레이에 엄청난 환호를 보냈다.

"러브 피프틴!"

세레나는 씨익 웃으며 몸을 일으켜 툭툭 몸을 털더니 양팔을 높게 들어 관중의 환호성에 보답했다.

거칠게 파이팅을 외치는 모습이 아닌, 느긋한 여유였다.

"칫……."

진희는 입술을 깃이기며 그런 세레나의 모습을 망연하게 바라볼 수밖에 없었다.

*　　*　　*

진희는 일전에 비너스와의 대결에서 계산을 복잡하게 하는 것을 포기한 전적이 있다.

향후 전개는 차치하고, 한 구, 한 구에 집중하여 그 순간 가장 치명적인 일격을 먹일 수 있는 것에 몰두한 것이다.

그 전략은 감각적인 것에 탁월한 진희의 성향에 잘 맞아떨어지며, '카운터'라는 강한 개성을 개화하게끔 만들었고, 결국 한 번도 이기지 못했던 비너스를 물리치게끔 하는 것에 크게 일조했다.

그뿐인가.

쥐스틴 에냉이라는 강적을 맞이해서도 진희의 개화한 재능은 끝을 모르고 발전했다.

순간순간에만 집중하여 자신의 한계치를 넘나들며 팽팽한 경기의 끈을 아슬아슬하게 타며 스릴을 느끼는 감각.

그 감각을 어느 정도 이해하게 된 진희는 조금은 과도할 정도의 자신감을 느꼈었다.

'이렇게만 계속하면 어지간해서 지지 않겠다'라는 자신감 말이다.

하지만 세레나는 예전의 진희에게도, 기량이 한층 성장한 지금의 진희에게도 거대한 벽이었다.

—세레나를 떠올릴 때 가장 먼저 연상하는 것은 무엇인가.

이런 질문을 받는다면 대부분의 사람들은 '서브'를 꼽는다.

그녀의 신체를 본다면 '파워'가 절로 결과값으로 도출되기 때문이다.

그러나 세간의 평가와 달리, 세레나의 진정한 강점은 따로 있었다.

펑!!!

세레나의 포핸드가 강렬하게 터진다.

네트 위를 훌쩍 뛰어넘은 공이 한 번 바운드된 후, 엄청난 높이로 튀어 오른다.

베이스라인에 서 있다간 높이 튀어 오르는 공에 어중간한 대응을 할 수밖에 없게 되었다.

"흡!!"

둥실—

그 순간, 진희가 선택한 것은 잭나이프.

허공을 답보하듯, 안정된 하체가 공중에서 진희의 몸을 우뚝 세운다.

점프 때의 반동으로 한껏 뒤로 꼰 몸이 우아한 듯, 역동적으로 느껴진다.

모두의 눈에 기적처럼 인식이 될 만큼, 지금 이 순간 진희의 몸이 슬로모션으로 천천히 움직이는 것 같았다.

펑!!!

공중에서의 유영 끝에 진희의 백핸드 잭나이프가 작렬했고, 공은 긴 꼬리를 남기며 쏘아졌다.

'일단, 두 구 정도는 벌었……'

공을 친 진희도, 그 화려한 몸놀림을 지켜본 관중도 랠리가 최소 두세 번은 더 이어질 것으로 기대했다.

하지만…….

"꽝!!"

탁, 펑!!!

세레나는 진희의 라켓에서 공이 쏘아진 순간, 쏜살같이 몸을 날려 예상 낙하지점에 도달하더니, 진희가 쏘아낸 회심의 공을 무려 '라이징'으로 처리했다.

그것도 백핸드 스트로크로 말이다.

쐐엑—

전혀 예상치 못했던 전개에 의식을 전환할 타이밍을 놓친 것인지, 진희는 착지하자마자 다급하게 공을 향해 쫓아가려다 순간적으로 미끄러졌고, 공은 그대로 바운드된 후, 뒤의 벽에 부딪쳤다.

"~! @#@#%~!!"

아마 스코어를 알린 것이라 짐작되지만, 심판이 무어라 외치는지 진희는 들을 수 없었다.

'저런 것도 가능했었어?'

강력한 힘에 가려져 있던 세레나의 숨겨진 능력, 터치 감각이 진희의 마음을 울렁이게 했다.

진희의 그것과는 비교할 수 없을 정도로 미진한 수준이지만, 그것이 저 타고난 힘과 합쳐지면 얘기가 다르다.

즉, 세레나는 스핀을 자유자재로 조절할뿐더러, 공의 구속과 코스의 깊이까지 완벽하게 자신의 의지하에 둔다. 이 모든 것들은 믿기지 않게도, 여자 선수의 범주를 벗어난 강력한 힘을 기반으로 작용한다. 그것도 포핸드보다 백핸드에서 더욱 강렬하게.

그렇다.

세레나의 최대 강점은 서브가 아닌, 그라운드 스트로크였다.

*　　　　*　　　　*

각자가 좋아하는 선수가 있을지언정, 테니스는 국가 대항전이 아니라면 기본적으로 응원 문화랄 것이 없었다.

딱히 편을 갈라 응원하지도 않을뿐더러, 노래 같은 건 잘 부르지도 않는다.

조금이라도 환호성이 길어질라치면 시합에 방해되기 때문에 '쉬이이잇!!' 하면서 모두가 입을 모아 소음을 경계한다.

그럼에도 불구하고, 관중석 한구석에선 주체할 수 없는 우울함이 삐져 나오고 있었다.

6 : 3.

1세트 스코어였고, 해당 세트의 승자는 세레나였다.

"약점이 없네요."

영석이 제법 담담한 어투로 입을 열었다.

물론, 일그러진 얼굴과 아쉬움이 뚝뚝 떨어지는 한숨까지 숨길 순 없었다.

"서브, 스트로크, 스텝, 리턴, 기술, 이 모든 것을 아우르는 힘까지… 다 훌륭하구나."

최영태가 영석의 말을 받아 푸념하듯 아쉬움을 쏟아낸다.

당연하게도 자신의 제자가 고전하는 것이 영 머뜩잖은 것이다.

그러나 그는 이 순간에 진희를 도와줄 수 있는 수단이 없었다.

"……."

사정은 영석도 마찬가지였다.

이 순간, 진희를 지탱할 수 있는 건 스스로가 쌓아 올린 하루하루뿐이다.

*　　　*　　　*

'아냐 아냐…….'

진희의 머릿속으로 수많은 장면들이 빠르게 지나간다.

스쳐 지나가는 것들은 1초에 30장면 정도.

어릴 때 플로리다에서 배운 '이미지 트레이닝'이 활발하게 이루어지고 있었다.

'이건…….'

영석의 어릴 때의 모습.

비너스와의 경기에서 써먹었던(?) 장면이다.

재생되는 영상의 첫 장면이 나오자마자 진희는 고개를 저었다.

'얼마 전에 써먹었던 거야. 세상이 그렇게 만만할 리가 있나. 이렇게 쉽게 마인드 컨트롤이 되면 내가 지금 우주 정복을 했겠지?'

의미가 퇴색되어 버린다거나 하는 건 아니지만, 마땅히 마음이 상큼하게 전환되는 기분은 못 느꼈다.

만점에 가깝게 수능을 치른 장면, 대학에 입학하는 장면, 뽀뽀하는 장면, 키스하는 장면, 동반 우승 하던 장면…….

세상에 행복한 일이 이렇게도 많았는지 스스로가 생경할 정도로 많은 기억들을 끄집어내 봤지만, 이상하게도 기분은 나아지지 않았다.

'에에에이이이잇!!! 기분 전환은 됐어! 분석하자.'

진희는 수건을 얼굴에 덮고 앉은 상태에서 뒤로 목을 꺾어 편안히 하늘을 바라보는 자세로 만들었다.

수건 너머로 쏘아지는 빛 때문일까, 진희는 내친김에 눈까지 감았다.

머릿속에서 수많은 자신이 뿅— 하고 나타나 대화를 나누기 시작했다.

'헤에…….'

의식과 무의식의 경계에서 시작된, 심상(心想)에서의 자그마한 사건.

신기한 마음이 들기도 잠시, 진희는 진중하게 바라보았다.

*　　　*　　　*

'저게 무슨 여자야! 쟤는 남자랑 붙어야 하는 거 아니야?! 아, 아니야. 이건 분석이 아니야, 푸념이지. 나, 난 아직 안 졌다고!! 으아아아!!'

'시간 낭비 하지 마, 이년아. 그럼 이제 어떻게 해야 하지?'

'뭘 어떻게 해. 1세트에서 왜 졌는지 분석해야지.'

'응? 어떻게?'

구구궁—

왁자지껄 떠들던 진희들을 두고 한쪽에서 높다란 벽이 솟아올랐다.

작은 진희들이 꺄— 꺄—거리며 우왕좌왕한다. 돌 부스러기가 하늘에서 유성처럼 떨어진다.

'어? 저거 영석이다.'

그중 한 명의 진희가 외치자 어두컴컴했던 공간이 일시에 확— 밝아진다.

그리고 벽의 정체가 드러났다.

영석의 몸을 그대로 재현한 벽은 심상(心想)에서도 그 끝이 어딘지 모를 정도로 드높았다.

아무리 고개를 꺾어도 그 끝을 알 수가 없었다. 구름을 뚫고 태양까지 간 것 같은 벽은, 너무나 아뜩하게 다가와 절망감을 심어주었다.

'뭐야.'

'왜 영석이가 또 나와. 정말 내 인생은 걔 없으면 아무것도 아닌 거야?'

'영석이 인생도 나 없으면 아무것도 아닐걸? 훗, 나란 여자…….'

한 명의 진희가 분한 듯 칭얼대자 다른 한 명의 진희가 콧대를 세우고 거만하게 말한다.

'됐어, 이년아. 지금 그런 거 생각할 시간 없대도?'

'뭐, 그럼 어떡하라고, 나보고! 그렇게 생각이 되는데!'

구구궁—

그긍!

진희들이 다시금 지리멸렬하게 아웅다웅하는 사이, 영석 모양을 한 벽 앞으로 여러 개의 벽이 동시에 솟아오르기 시작한다. 다시 화들짝 놀란 진희들은 울며불며 사방으로 흩어졌다.

'살려줘~!!'

'뭐야!!'

스으으—

안개처럼 자욱하게 퍼져 있는 먼지구름이 바람에 흩날려 어디론가 사라졌다.

그리고 모습을 보인 벽들의 정체는 실로 경악할 만한 것들이었다. 무려 100개를 넘는 벽들이 길을 따라 쭉 펼쳐진 것이다.

'쟤… 걔 아니야? 그그 일본 애. 뭐였지? 아키? 유키?'

'야, 저기 윤정 언니 있어.'

'다테 키미코다!'

'에냉도 있어.'

벽들은 일정한 간격을 두고, 구불구불한 길 위에 서 있었다.

벽 하나하나를 마주할 때마다 진희들은 그 벽을 부수거나 기어올라 넘어갔다.

벽의 수가 줄어들수록, 작은 진희들의 수도 줄어든다. 그리고 그에 반비례하듯, 크기가 커진다.

그리고 마침내 세 명의 진희가 남았다.

처음에 비하면 수십 배나 커졌지만, 앞으로 진행될수록 벽들도 커져서 상대적인 크기는 그대로였다.

'야, 이거 비너스야.'

'헹. 이미 내가 이겼지. 이깟 장애물도 후딱 처리하자고.'

'뭐야, 이 벽들은. 뭐, 내 적들이라 이건가? 상대 선수들이 형상화돼서 의식에 나타난 거야? 벽의 높이는 그들의 기량이고?'

'유치해.'

'유치뽕짝.'

투닥투닥—

세 명의 진희는 자신들보다 훌쩍 큰 벽을 주먹으로 때리거나 발로 차기 시작했다.

하지만 비너스의 벽은 끄떡도 없었다.

'장난 아닌데?'

'이거 어떻게 이겼었지?'

'집중해, 집중.'

'2차전이다. 꼬!!'

아이들이 전쟁놀이 하듯, 우아아아— 하면서 소리친 진희들이 다시 벽을 두들겨 댔지만, 벽은 쓰러질 기미가 보이지 않았다.

'안 되겠어. 작전을 펼치자.'

'내가 벽 앞에서 발판 역할을 할게.'

'그럼 난 너랑 합칠게.'

한 명의 진희가 쪼르르 벽 앞에까지 달려가 얌전히 엎드리고 있었다.

남은 두 명의 진희는 전우애(戰友愛)를 다지고 있었다. 멋지게 흐르는 눈물이 가증스러울 정도로 귀여웠다.

'꼭 넘어라.'

'네 희생은 잊지 않을게.'

팟—

한 명의 진희가 다른 한 명의 진희의 몸으로 흡수되었다.

'짠! 슈퍼 진희 납시오.'

'시끄러!! 빨리 뛰기나 해!'

'미, 미안……'

조금 더 커진 한 명의 진희가 침을 꿀꺽 삼키고는, 엄청난 속도로 뛰었다.

'으다다다다! 아플지도 몰라! 조심해!!'

툭!!

쉬이이익—

조금 큰 진희가 작은 진희의 등판을 밟고 멋지게 도약했다.

턱—

벽 끝에 손을 걸친 진희는 간신히 기어올라 벽 끝에서 균형을 잡았다.

'너도 넘어와!'

'알았어.'

작은 진희는 큰 진희가 내민 손을 잡고 기어 올라왔다.

쿵—

두 명의 진희가 벽을 넘자, 비너스의 벽이 앞으로 기울더니 쓰러졌다.

'후후후……'

'흐히힛……'

진희들이 악동 같은 웃음을 흘린다.

콧노래까지 흥얼거리며 신나게 뛰어가길 3, 4초 정도.

진희들은 입을 떡 벌리고 절망하는 수밖에 없었다.

쿵—

세레나 윌리엄스의 벽이 그녀들을 가로막고 있었던 것이다.

'…흐, 흥! 꽤 높은데……?'

큰 진희가 팔짱을 기고 별거 아니라는 듯 말했다.

그 모습을 보는 작은 진희의 눈에 경멸이 서려 있다.

'허세 부리지 마, 이년아. 오줌은 안 쌌냐? 쫄아붙었으면서……'

'뭐, 뭐?! 말 다 했어? 넌 아닌 거 같아?!'

그렇게 한차례 투닥거린 진희들은 서로를 보며 비장하게 고개를 끄덕였다.

'아무래도……'

큰 진희가 비장하게 운을 뗐다.

작은 진희는 고개를 끄덕이며 쓰게 웃었다.

'응. 그 방법밖엔 없겠다.'

'다음에 또 보자.'

큰 진희가 울상을 지으며 처연하게 다음을 기약했다.

하지만 작은 진희는 시크했다.

'아냐, 아까 기억 안 나? 한번 써먹은 방법은 다른 상황에서 또 못 써. 그냥 너와 난 이제 영원히 빠이빠이야. 안녕.'

'야, 야!'

쉬이익—

작은 진희는 귀찮다는 듯 큰 진희를 냉큼 안아버렸다.

큰 진희는 그런 그녀를 말릴 수가 없었다.

'안녕, 또 다른 나야.'

파앗!!

'후후후, 슈퍼 울트라 진희 등… 자……'

최종으로 합체한 진희가 자신만만하게 모습을 드러냈지만, 세레나의 벽은 여전히 높았다.

제자리에서 껑충껑충 뛰기도, 멀리서부터 달려와서 점프해 보기도, 발로 차보기도 했지만, 벽은 요지부동이었다.

'힝……'

시무룩해 있는 진희는 더 이상 수다를 떨 동료들이 없다는 걸 눈치채자 눈물을 흘리기 시작했다.

'이게 뭐야. 귀한 시간을 내서 생각을 했는데, 결론이 이거야? 못 이긴다고? 그럼 이게 다 뭔 소용이지?'

그때였다.

길 끝에 우뚝 서 있는 영석의 벽이 크게 흔들리더니 말을 걸어왔다.

—언제까지 기다리게 할 거야? 지루해서 죽어버리겠어.

'……?!'

퍼뜩 고개를 든 진희가 어리둥절한 반응을 보였다.

벽은 쿵쿵 점프하기 시작하더니 더 멀리로 전진하며 무미건조하게 말했다.

—이제 못 기다려. 세레나를 못 이기겠다고? 그럼 나 먼저 갈게.

'…또 따라잡을 거야.'

—따라잡을라치면 난 더 커져 있을걸. 더 멀리 있을 거고. 감당할 수 있겠어?

'…왜 그렇게 심술 맞은 소리를 해?'

현실에선 결코 들어볼 수 없는, 영석의 무미건조한 말에 진희의 눈에 눈물이 맺히기 시작했다.

—…심술 맞은 소리를 안 하면, 뭔가 바뀌기라도 해?

'그래도 난 여자친구잖아!'

진희가 악다구니를 썼다.

본인도 본인이 하는 소리가 논리적이지 않다는 걸 알지만, 그렇게 외칠 수밖에 없었다.

하지만 돌아온 영석의 목소리는 서늘하기 그지없었다.

—그리고 넌 테니스 선수지.

그 말은 정말이지, 너무나 날카로워서 목젖에 그대로 칼이 박힌 듯, 커다란 충격과 함께 진희는 아무런 말을 할 수가 없었다.

'……'

영석의 벽은 냉정한 건지, 따뜻한 건지 모를 말을 하며 저 멀리로 사라졌다.

—기다려 줄 수 있을 때 빨리 따라와. 나도… 너랑 같이 가면 좋겠어.

*　　　*　　　*

"…이! 헤이!"

자신의 어깨를 살짝 흔드는 느낌이 든 진희는 퍼뜩 눈을 떴다.

얼굴에 덮었던 수건을 걷어내고 시선을 앞에 두자 볼키즈 한 명이 걱정스러운 눈빛으로 진희를 보고 있었다.

'뭐야, 그새 잔 거야? 몇십 초 만에?'

살짝 일어나려다 현기증이 든 진희는 다시 털썩 벤치에 앉을 수밖에 없었다.

"Are you okay?"

심판이 묻자, 진희는 옆으로 손을 뻗어 음료수를 쭉 빨아들인 다음, 손가락으로 동그라미 모양을 만들어 보여준 후, 라켓을 들고 자리에서 일어났다.

아주 잠깐 기절하듯 졸았지만, 컨디션이 너무나 좋아졌다.

아니, 화가 나고 안달이 나서 누구든 쓰러뜨리고 싶었다.

분노로 인한 일시적인 흥분 상태였다.

'찾진 말아야지.'

잠시 영석을 찾아볼까 고민했지만, 고개를 저은 진희는 다시 코트로 들어갔다.

저녁과 밤의 경계에 이른 시간이라, 뜨겁다기보다 질척한 느낌의 대기가 철썩— 피부에 달라붙는다.

*　　　*　　　*

'기회는 이제 별로 없어. 무조건 2세트는 이긴다.'

1세트를 내줬기 때문에 2세트를 내주는 순간, 자신은 준우승이 된다. 그리고 영석은 멀리 나아갈 것이다—라고 진희는 생각했다.

네트 너머로는 아득함을 선사하는 벽, 세레나가 엄연히 현실에 있었지만, 진희의 의식은 방금 겪었던 꿈의 연장 선상에 놓여 있었다.

'미치겠네…….'

아직 영석은 결승전을 치르지도 않았는데, 괜한 조급함이 일었다.

그녀 스스로도 왜 이런 생각을 하는지, 아직도 어릴 때의 열등감이 크게 남아 있는지 고민이 들 정도로 말이다. 스스로의 바닥과 입을 맞춘 후유증은 이토록 거대하게 진희를 집어삼켰다.

펑!!

세레나는 여전히 강력했다.

진희가 자신의 서브를 어지간하면 다 받아친다는 것을 인식하자마자, 온 신경을 그라운드 스트로크에 쏟기 시작했다.

'지금은 잡념에 정신 팔 때가 아니야!'

스스로 채찍질을 강하게 한 진희가 저 멀찍이 떨어지는 공을 향해 몸을 날렸다.

조금은 몽롱한 듯한 의식이지만, 몸은 평소의 노력이 헛되지 않게 쏜살같이 움직였다.

"……."

"……."

"……."

세 남자는 말을 꺼내지 않았다.

입을 연 순간 자신의 생각이 그대로 현실에 영향력을 행사할까 겁이 난 것이다.

'진희야……!!!'

영석은 애타는 눈으로 진희를 하염없이 바라봤다.

상대가 세레나여서일까.

평소보다 더욱더 가는 선을 보이고 있는 진희는 태풍 앞에 놓인 한 떨기 꽃처럼 미약하게만 보였다.

'끝날 때까지 끝난 게 아니야.'

마음으로나마 진희를 응원하는 것. 영석은 그렇게 자신의 마음속의 진희를 점점 키워 나갔다.

"헉… 헉……."

한편, 진희는 여러 가지 자신이 취할 수 있는 모든 전략을 취하고 있었다.

한 구 한 구에 최선을 다해 비수를 찌르는 것은 세레나에게 통하지 않았다.

그만한 집중력을 상시 유지한 상태에서 영석처럼 판을 짤 줄 아는 심계까지 있어야 대응할 수 있다는 것을 진희는 몰랐다. 그게 톱 플레이어의 영역임을 모르는 것이었다.

그저 자신이 쌓아 올린 것들이 통하지 않는 무력감에 안간힘을 써서 저항할 뿐이었다.

펑!!!

세레나의 서브가 와이드로 도망치듯 빠져나간다.

플랫 서브로는 도저히 진희를 누를 수 없다는 걸 깨닫자, 미묘하게 스핀을 걸어 톱스핀 서브도 아니고, 플랫 서브도 아닌 희한한 서브를 구사했다.

타닷!

그러나 그런 어설픈 마음으로 날린 서브에 당할 진희가 아니었다.

자신도 의식하지 못하는 움직임, 거의 무의식의 영역에서 몸을 움직인 진희가 기계적으로 강렬한 리턴을 날린다.

펑!!!

간결한 스윙 어디에서도 그 힘의 원천을 찾아볼 수 없지만, 진희의 리턴은 강력했다.

완벽한 타이밍, 완벽한 스폿에 딱 맞춰 공을 칠 수 있기 때문이다.

쉬익—

넘어오는 공을 본 세레나의 인상이 살짝 구겨졌다.

'그새 이렇게까지 하게 되다니…….'

깨끗한 스핀을 머금은 공이 세레나로 하여금 한계에 가까운 움직임을 보이게 만들었다.

다다다닥!!

쉭—! 펑!

'빠르게 움직여 강하게 친다.'라는 전략은 세레나의 몸을 빌어 완벽한 것으로 자리 잡는다.

쐐액—

때에 따라 고회전의 스핀을 주기도, 스핀이 거의 없이 빠르게 직선으로 뻗어 오기도 하는 세레나의 공은 일괄적으로 강했다.

"……."

투지가 사그라들어 가는 진희의 눈빛이 순간적으로 이채를 발한다.

탁, 타다다닥!

경쾌한 스텝에서 긴장감이 뭉클! 뿜어져 나온다.

세레나의 눈에 초조한 긴장감이 깃든다.

훅—

공에 도달한 진희가 테이크백을 크게 한다.

날개처럼 활짝 펼친 등 근육이 잘게 떨리기 시작한다.

핑—

긴장감이란 이름의 실이 팽팽하게 당겨진다.

모두가 숨을 죽일 수밖에 없게끔, 진희의 동작 하나하나가 아로새겨진다.

그리고 진희는 라켓을 천천히, 그러나 빠르게 휘둘러서 실을 끊었다.

퉁—

전가의 보도.

베이스라인에서 펼치는 완벽한 드롭샷이 펼쳐졌다.

관중 속에서 지켜보고 있는 영석의 눈에는 영락없이 완벽한 샷으로 보였다.

'타이밍 좋아. 이걸로 반격할 수 있… 어?!'

공이 네트를 넘어가려는 그 순간을 모두가 넋을 놓고 보고 있는 그때.

상대인 세레나는 몽롱하기까지 한 그 순간을 찢어발기듯 네트를 향해 돌진했다.

'읽혔어!'

영석은 그 자리에서 벌떡 일어날 수밖에 없었다.

팔에 돋아난 소름을 인식하지 못할 정도로 크나큰 충격을 받은 상태였다.

다다다다닥!!

"흡!!"

팡!!!

자신만만한 미소를 짓고 달려온 세레나는 달려오던 기세를 그대로 살려 공을 내리찍었다.

바운드되는 것조차 허용하지 않는, 무자비한 드라이브 발리였다.

"……!!!"

모두가 이대로 마무리될 것을 예상하고 영석이 눈을 질끈 감은 그때, 진희는 세레나가 반응할 것조차 예상했는지 빠르게 공을 쫓아갔다.

'할 수 있다. 할 수 있어…….'

입모양으로 끊임없이 자기 세뇌를 한 진희가 아직 완전히 꺼지지 않은 불씨를 살리려 했다.

그리고 오늘 경기 통틀어서 가장 빠른 몸놀림이 진희에게서 발현됐다.

타닥, 타다다다다다닷!!!

다리가 얼마나 빨랐는지, 본인의 생각보다 빨리 도착한 자신의 몸에 스스로 놀랄 정도였다.

진희는 공을 품에 안고 슬쩍 전방을 살폈다.

"……."

그 공을 따라잡을 줄은 몰랐다는 듯, 세레나의 안색이 긴장으로 가득 차 있었다.

하지만 그런 순간에서조차 세레나의 포지셔닝은 훌륭했다. '서비스라인의 정중앙에서 한 발자국 정도 네트로 나아간 정도'에서 있었는데, 이는 패싱이나 로브샷에 적절하게 대응할 수 있는 최적의 위치였다. 적어도 지금 같은 순간엔 말이다.

'마땅찮아…….'

어디로 보낼지 잠시 고민에 빠진 진희는, 이내 결연한 눈빛을 하곤 자신의 선택을 그대로 실현했다.

끽!

쾅!!!

"……!!"

짓쳐들어오는 공을 본 세레나의 안색이 순간적으로 창백해진다.

진희의 선택은 한가운데.

바로 세레나의 가슴팍으로 쏘아지는 공이었다.

좌, 우, 혹은 로브…….

경우의 수를 세 가지로 압축해서 생각하고 있던 세레나로선 반응하기 어려울 수도 있는 공.

하지만…….

'그것도 받아내냐…….'

세레나는 다소 어중간한 자세였지만, 라켓을 곧추세워 자신의 정면으로 들어오는 공을 '막듯이' 쳐냈다.

퉁.

툭, 툭…….

공이 맥없이 굴렀고, 진희는 고개를 숙였다.

우와아아아!!!

"게임 셋 매치, 원 바이 세레나 윌리엄스……."

심판의 선언이 이어지고 세레나는 그 자리에 주저앉아 함성인지 고함인지 울음인지 모를, 길고 긴 소리를 내었다.

"으아아아아아!!!"

진희는 그런 세레나를 물끄러미 바라보았다.

어쩐지 현실감이 들지 않았다.

'진 거야?'

전광판을 보자 세트스코어가 정확하게 찍혀 있었다.

그것을 눈으로 보았지만, 진희는 자신이 진 것을 명확하게 인지하지 못했다. 아니, 인정하고 싶지 않았다.

저벅, 저벅—

하지만 습관처럼 몸은 네트로 향하고 있었다. 시합을 많이 하다 보니 의식하지 않아도 몸이 움직이는 것이다. '경기가 끝났을 때의 에티켓'을 위해.

세레나는 희열에 찬 눈으로 벌떡 일어나서 네트로 온 진희를 와락 안았다.

"@^&%&~ $#%^$%~!"

삐이이—

뭐라고 말하는 것 같긴 한데, 진희의 귀에서는 이명이 들릴 뿐, 아무 소리도 잡히지 않았다.

"응. 다음에 또 보자."

빙긋 웃어주며 대충 대꾸한 진희가 빙글 몸을 돌려 심판에게 악수를 청하고 벤치에 앉아서 짐을 챙겼다.

세레나는 라켓을 내팽개치고 양팔을 번쩍 올려 우레와 같은 환호에 응답을 하더니, 코트에 드러누워 우승을 만끽했다.

"……."

진희의 눈에는 이 모든 광경이 현실로 느껴지지 않았다.

*　　　*　　　*

시상식은 누군가에겐 축복이었고, 누군가에겐 빨리 끝났으면 하는 잡스러운 의식이었다.

자신의 짐을 모두 정리한 채 벤치에 멍하니 앉아 시상식이 준비되고 있는 모습을 망연히 바라보고 있던 진희가 세레나와 함께 시상을 위해 코트로 나갔다.

'정신 차리자. 우는 건 나중에.'

걸음을 옮길 때마다 농도 짙은 안개 같은 것이 머리에 점점 차오르며 눈물을 자극했지만, 진희는 참았다.

"이 자리에 함께 계신 신사 숙녀 여러분……."

사회자가 멘트를 시작하며 숨 가쁘게 달려왔던 2003년 호주 오픈 여자 단식의 대미를 장식하기 시작했다.

"소개합니다. 오늘의 준우승자 진. 희. 킴!!!"

우레와 같은 박수가 진희를 향해 쏟아졌다.

"……."

진희는 의례적으로 미소를 지었지만, 아쉬움이 가득 묻어 있는, 힘없는 미소였다.

사회자가 옆에서 종알종알 진희가 결승에 오르기까지 꺾어왔던 선수들의 이름을 부른다.

1라운드에선 누구, 2라운드에선 누구…….

그리고 마침내 진희는 시상대에 올랐다.

'휴우…….'

스스로를 끊임없이 다독인 진희는 자신의 상체만 한 둥근 접시 모양의 트로피를 품에 안았다.

평범하게 인식하고 있는 트로피의 모양이 아닌, 접시 모양의 트로피가 뜻하는 바는 간단명료했다.

—준우승.

진희가 트로피를 자신의 머리 언저리만큼 들어 올렸다.

여기저기 사진을 찍는 것이 느껴졌다. 빛이 번쩍이고… 소리도 번쩍였다.

진희는 잠시간 물끄러미 품에 안은 트로피를 내려다보았다.

'끝났구나.'

그렇게 얼마간 있었을까.

진희에게 준우승 소감을 묻는 차례가 왔다.

덜커덕 심장이 가라앉는 기분.

무엇을 말해야 할지, 어떤 감정선을 유지해야 할지, 아직은 어린 진희에겐 너무나 가혹한 순간이었다.

하지만 시상대에 자주 올랐던 경험을 상기한 진희는 이내 마음을 차분하게 누르고, 목을 가다듬고 마이크를 받아 들어 입을 열었다.

오랜 기간 동안 사용해 온 영어가 제법 유창하다.

"무엇보다 우선하여, 이번에 우승을 하게 된 세레나 윌리엄스에게 축하를 전하는 바입니다. 그녀는 제가 겪었던 어떤 선수보다도 위대했고, 오늘의 영광스럽고, 축복받은 이 결승 무대에서 우승 트로피를 들어 올릴 수 있는 자격을 가진, 유일무이한 선수입니다. 앞으로도 그녀와 펼칠 시합이 많을 겁니다. 다음에는 다른 결과를 내도록 노력하겠습니다."

짝짝짝—

박수가 쏟아졌다.

진희는 정면을 향해 고개를 꾸벅 숙이고는 시상대에서 내려와 한 걸음 뒤로 물러났다.

사회자는 끝까지 매너 있게 진희에게 축하 인사를 전했다.

그리고 마침내, 오늘의 주인공이 코트에 들어설 차례가 됐다.

"꺄아아아!!"

"우와아아아!!"

짝짝짝~~~!!!

챔피언십 포인트(Championship point : 결승전의 행방을 결정짓는 포인트) 때의 천지가 개벽하는 듯한 환호에는 미치지 못했지만, 어마어마한 감정과 소리가 해일처럼 몰아닥쳤다.

번쩍거리는 거대한 트로피를 받아 든 세레나는 앞서 진희가 겪었던 사회자의 소개를 기쁜 얼굴로 듣더니 바로 시상대에 올랐다.

짝짝짝…….

세레나는 엄청나게 거대한 트로피를 행복한 얼굴로 받아 들고는, 입을 맞추더니 두 손으로 굳건히 잡고, 높게 들어 올렸다.

진희 때와는 비교할 수 없는 플래시 세례가 코트를 번쩍였다.

세레나는 이번 우승으로 자신의 생애 첫 '커리어 그랜드슬램'을 이룩하게 됐고, 그 감격스러움이 절절히 묻어나는 인터뷰를 했다.

"믿기지 않는 업적을 달성하게 되어 정말 행복한 기분입니다. 오늘 상대한 김진희 선수는 최고의 선수였습니다. 환상적인 플레이, 완숙한 실력……."

아름다운 수식어가 듬뿍 담긴 인터뷰는 진희의 귀에는 들리지 않았다.

그녀는 그저 인형처럼 멀건 웃음만 지으며 고개를 끄덕일 뿐이었다.

*　　　*　　　*

경기장 밖.

온 호주가 들떠 있는 것 같은 분위기였다.

물론, 이 축제 같은 분위기는 영석에겐 영 껄끄러웠다.

'진희야…….'

영석과 이재림, 최영태를 비롯해서 한국에서 온 모든 일행이 진희를 기다리고 있었다.

각자가 어떤 말로 위로를 전해야 할지 생각을 할 법도 했지만, 모두가 멍한 상태였다.

—준우승 축하해!

준우승 또한 선택받은 극소수의 선수에게만 돌아가는 영예이지만, 지금의 진희에게 그런 소리는 모멸에 가까웠다.

—괜찮아, 다음이 또 있잖아.

라는 말 또한 조롱에 가까웠다.

언제, 어느 순간 찾아올지 모르는 한순간을 위해 모든 선수는 하루하루를 죽음처럼 살아가기 때문이다.

"……."

일행 사이에서 침묵이 휘돈다.

즉, 모두가 적당한 위로의 말을 찾을 수 없는 것이다. 너무나 깊은 인연이기에, 도리어 할 말이 없는 것이다.

진희의 모친이 들고 있는 손수건은 이미 눈물로 축축해져 있었다.

"……!!!"

마침내 선수 출입구에서 진희가 터벅터벅 걸음을 옮기며 나오는 모습이 보였다.

가방은 강혜수가 들어주고 있었다.

'……'

진희의 얼굴은… 말로 표현 못 할 어떠한 느낌을 주었다.

애처로움, 달관, 처연함… 이런 것들이 거칠게 휘몰아치는 느낌이었다.

그러면서도 입과 눈은 웃고 있었다.

"……!!"

마침 진희도 일행을 발견한 듯, 빠르게 걸음을 옮기기 시작했다.

저벅, 저벅—

두세 걸음을 옮겼을까.

진희는 잠깐 멈춰서 고개를 푹 숙였다.

고개를 숙인 상태에서 손을 얼굴로 올리려다가 다시 내리곤, 땅을 보고 빠르게 걸었다.

"……"

"……"

일행은 아무런 말을 할 수 없었다.

와락—

마침내 일행에 다다른 진희가 가장 먼저 찾은 건 영석의 품이었다.

"……."

안긴 진희도, 안아준 영석도, 그걸 보고 있는 일행도… 모두 침묵을 지켰다.

영석은 어깨가 금방 축축해지는 걸 느꼈다.

슥—

팔을 올려 등이라도 쓰다듬어 줄까 싶어 잠시 고민했던 영석은 이내 팔을 내리고 우두커니 서 있었다. 영석의 눈이 차가운 듯, 당황한 듯 묘하게 가라앉아 있다.

"……."

진희는 그렇게 한참을 영석의 품에 안겨 소리 없이 오열했다.

Chapter 47
패배, 조우, 그리고…….

혼자 있긴 너무나 넓은 방에, 영석은 홀로 침대에 걸터앉아 상념에 빠졌다.

사방에 불은 모두 끈 채, 눈을 빛내며 그렇게 침묵을 빚어내고 있는 것이다. 무저갱 아래로 떨어진 침울함과 짙게 깔린 어둠이 기괴하게 얽혀든다.

"하아……."

한숨이 끈적하게 허공을 가른다.

피부 위에도, 피부 속에도… 진희가 토해낸 감정의 잔재가 온몸 그득히 퍼져 있는 기분이다.

진희의 패배를 지켜본 적은 꽤 있지만, 이번 패배는 모든 것의 '격'이 달랐다.

애써 침착하려 했지만, '충격'은 영석에게도 거대하게 작용했다.

영석의 정신이 아주 조금씩, 조금씩… 무언가로 물들어갔다.

"아직은 부족했어……."

분명, 종합적인 능력치를 수치화해서 통계를 내보면 진희는 세레나의 능력을 상회한다.

무엇보다, 누차 관계자들이 언급했던 '터치 감각'뿐 아니라 센스에서 진희를 따라올 여자 선수는 거의 없다고 보면 됐다. 진희는 시험 점수로 치면 평균 90점의 아주 우수한 선수였다.

하지만 가장 원초적인 능력 중 하나인, '힘' 하나가 스마트하게 느껴지는 진희의 장점을 모두 소멸시켰다. 세레나의 힘은 100점 만점에 500점 정도는 되는 것 같았다.

스포츠는 아무리 고도화되어도, 때론 이런 원초적인 것에서 밀려 아무런 저항도 하지 못하고 승부가 갈리는 경우가 있다. 그것이 스포츠가 빛나 보이는 이유이기도 하다.

'힘… 힘이라…….'

우드득.

영석이 가볍게 주먹을 쥐자 대번에 팔꿈치를 경계로 팔의 위아래가 크게 부풀어 오른다. 예쁘게 발달한 근육이 아닌, 두꺼운 나무가 생각나는 팔뚝이 자신의 것이 아닌 것처럼 생경하다.

굳이 힘을 주지 않아도, 팔의 근육들이 꿈틀대며 핏줄이 거칠게 약동한다. 상상도 못 할 거력이 꿈틀거리며 밖으로의 탈출을 꿈꾸듯 발악한다. 이대로 평범한 사람의 팔을 잡으면 악력으로만 뼈를 단숨에 부러뜨릴 수 있을 것도 같았다.

"…후."

자신의 팔을 물끄러미 내려다보던 영석의 입에서 한숨이 새어 나온다.

"진희는… 앞으로 어떡해야 할까……."

'다음 대회에선 어떻게 해야겠다'라는 단기적인 목표 의식은 차치하더라도, 자신의 기량이 발전해야 선수는 살아갈 힘을 얻는다. 때론 그것이 트로피보다도 값지게 다가온다.

영석은 그 점을 잘 알았다.

'아니, 난 잘 몰라.'

—지구 역사상 이 정도의 커리어는 종목을 불문하고 전무후무(前無後無).

—훨체어 테니스의 황제.

—참가하는 모든 대회의 우승.

초조해하지 않아도 기량은 늘 향상되었고, 트로피를 귀하게 여기지 않아도 늘 품에 트로피가 안겼다.

'이번 생은 어떻지?'

제법 치열하게 살아온 것 같지만, 부상으로 도중에 기권한 단 한 번을 제외하면 결국 참가한 대회 모두 우승했다.

부상조차도 호재였다. 시즌 아웃 되면서 세계 랭킹을 못 올렸다는 점은 아쉽지만, 랭킹 따위야 언제든 올릴 수 있는 것이다.

그것을 증명하듯, 잠시 쉬는 동안 육체는 거대해졌고, 더욱 빨라졌다. 영석 스스로도 현실감을 못 느낄 정도로 말이다.

이번 호주 오픈은 어떤가.

테니스 종목의 꽃.

남자 단식 파이널까지 너무나 쉽게 올라왔다.

'로딕은… 재밌었지.'

그를 제외하고…….

상대했던 선수들에겐 미안하지만, 영석은 전혀 불타오르지 않았다. 신나지 않았다. 한두 세트 정도는 빼앗길 수 있다. 하지만 결코 진다는 생각은 하지 않았다. 질 수가 없다는 것을 은연중에 깨달았기 때문이다. 자신의 욕구불만을 진희의 시합에 집중함으로써 해소했다.

마침 재료도 좋았다. 비너스, 에냉, 세레나…….

하지만 자신의 시합을 아주 외면하진 않았다.

'즐기는 척'은 했다. 그것마저 하지 않으면 두 다리로 뛰고 있다는 이 현실에 대한 감사함이 증발해 버릴까 봐.

…영석은 진희가 우는 순간, 공감(共感)하지 못했다. 안타까움만 보일 수 있는 자신이 혐오스러웠다.

그리고 지금 이 순간 이런 오만 방자한 생각을 이어가고 있는 자신이 이상하게 느껴졌다.

자신은, 이런 회로의 사고를 겪어본 적이 없다.

"이상한데… 흡……!!!"

달칵—거리는 환청이 들리며 영석의 의식이 멍하게 흐려졌다.

왈칵하고 두려움이 밀려온다.

'이 느낌은…….'

아주 어릴 때, 진희를 구해내고 병원 침대에 누워 잤을 때의 느낌이다.

잊을 수가 없는 느낌. 당장에라도 자신의 목을 졸라 자살을 하거나 기절했으면 좋겠다고 생각할 정도의 공포.

휙—

"……!!!"

영석의 눈앞에 거대한 얼굴이 나타났다.

어찌나 거대한 얼굴인지, 2미터는 되는 것 같았다.

영석은 경악으로 형편없이 구겨진 얼굴을 하고 있었다.

움직이지 않는 몸, 방금 전까지만 해도 팔에 깃들어 있던 거력… 모든 것들이 미비하고 가치가 없었다.

"오랜만이야. 아니, 난 오랜만이 아니지. 늘 널 지켜보고 있었으니까."

"……."

"이상해? 뭐가? 안 이상해. 넌 그렇게 생각하고 있어."

—오만 방자함의 끝.

—이상하게 치열할 수 없다.

—자신의 실력이 너무나 뛰어나서 도저히 질 것 같지 않다.

본인도 인식하지 못했던 것들.

잘 누르고 구석에 박아뒀던 이 모든 것들이 우는 진희를 보자 양지로 나와 폭발했다.

그 이유를, 영석은 알지 못했다.

"꼴값 떨지 마. 너도 알다시피 지금은 그럴 자격도 없고."

"……."

세계 정상의 근처라도 가보고 나서 주접을 떨라는 말이다.

그 의미를 알아들은 영석은 절로 부끄러운 마음이 들었다.

'존재'는 어떤 뉘앙스로 말하는지 파악할 수 없는, 기묘한 어조로 말을 이었다.

"호주 오픈 때마다 지랄이네. 재미없어? 그럼 거둘까?"

이목구비(耳目口鼻) 중 입만 남아 있고, 나머지는 새까만 블랙홀처럼 형태가 없는 '존재'는 영석에게 나른하게 물었다. 저번과 다르게 말솜씨가 꽤나 '인간적'이었다.

"……."

"말을 못 하는군. 이걸 어쩐다……. 다시 그때로 되돌려 줄까? 벽돌에 맞아……."

까득!!

공포와 절망에 잠식되어 가던 영석은 혀를 깨물어 정신을 차리고는 대뜸 팔을 뻗었다.

탁.

'존재'는 새끼손가락을 들어 그 주먹을 막았다. 새끼손가락의 크기가 80㎝는 되는 것 같았다.

후우우—

'존재'가 입을 열어 입바람을 불자 영석은 뒤로 발라당 넘어졌다.

'존재'는 영석을 덮쳤다.

휙—

거대한 괴물이 자신의 팔을 짓누르고 얼굴을 들이밀며 그르렁대자, 영석은 저도 모르게 찔끔 눈물이 났다.

"…잖아!"

"뭐?"

어린애처럼 칭얼대는 말투로 영석이 말을 했다.

"존재하게 해준다며! 왜 나타난 거야?"

"……."

'존재'는 그런 영석을 물끄러미 내려다봤다.

눈이 없지만, 그렇게 느껴졌다.

"잘 들어. 너는, 권태(倦怠)를 알면 안 되는 짐승이야."

"……."

신의 계시를 들은 사도의 기분이 이럴까.

천둥처럼 뇌리에 꽂히는 '존재'의 말에 영석은 숨을 덜컥 멈췄다.

"가만히 있으면 죽어버리고 마는, 그런 생물이야."

"……."

영석은 계속해서 침묵을 지켰다.

말할 수 있을 정도의 신체의 자유는 있었지만, 대답할 수가 없는 것이다.

'존재'는 말로써 영석의 심장을 쿡쿡 찔렀다.

살짝 건드리고 있을 뿐이지만, 표피에 닿을 때마다 숨이 퍽퍽 막혔다.

"그게 대가야."

"……."

머리를 옆으로 돌려서 눈을 감아버린 영석을 보고 '존재'는 짧게 혀를 차고 뒤로 스르르 물러났다.

"지금은… 잊어라."

그렇게 영석은 까무룩 기절을 했다.

밤 10시 30분.

잠들기엔 조금 이른 시간이었다.

*　　　*　　　*

"이영석."

"……!!!"

갑자기 귀에 파고드는 목소리에 영석은 정신을 퍼뜩 차렸다.

"코치님……."

최영태가 조금 놀란 표정으로 영석을 바라봤다.

걱정이 깃든 목소리가 영석의 귀에 울린다.

"매일 새벽 여섯 시에 일어나는 놈이……. 피곤해?"

"지금… 뭐… 응?"

영석은 기억이 이어지지 않자 혼란스러워했다.

'진희 생각 하다가… 잤나?'

영석이 아무런 말을 하지 않자 최영태는 멍하니 앉아 있는 영석의 머리를 거칠게 헝클어뜨리고는, 그로선 매우 드물게 상냥한 어조로 말했다.

"지금 일곱 시야. 밥 먹자. 중요한 날이잖아."

"…네."

영석이 여전히 멍한 상태로 있자 최영태는 더 이상 잔소리를 하지 않고, 몸을 돌려 방을 빠져나갔다.

탁—

"결승전… 이지."

문이 닫히자 조금씩 현실감각이 돌아온 영석이 자신의 손을 내려다보며 중얼거렸다.

"으드드드드드~~!!"

앉은 상태에서 몸을 늘려 기지개를 켠 영석이 시계를 봤다.

"07시 05분. 밥 먹으면 08시. 천천히 몸을 풀면… 11시. 점심

밥 12시. 상대 분석 14시까지. 낮잠 17시까지. 18시까지 간단한 식사. 그 후로는 적당히 몸을 풀고… 결승."

자신이 오늘 해야 할 일을 읊자 뭔가 모를 텁텁한 것들이 마음속에서 사라진 것을 느낀 영석은 벌떡 일어나서 늘 빼먹지 않던 '자가 점검'부터 시작했다.

* * *

"결승전 상대는 앤드리 애거시(Andre Agassi)입니다."

강춘수가 지금 이 순간, 이 자리에 모인 모두가 알고 있는 사실을 환기시키며 브리핑을 시작했다.

'모를 수가 없지.'

'전설' 샘프라스와 라이벌 구도를 보이며 테니스라는 종목을 지배했던 강자.

영석의 기억에 너무나 선명한 선수였다.

강춘수의 설명이 시작되고, 영석은 자신의 손에 놓인 종이를 펼쳐보며 이것저것 정보를 받아들였다.

'벌써 7회였군.'

2003년 1월 전까지의 메이저 대회 우승 횟수다.

세계 랭킹 1위 정도는 당연히 해봤던 선수다.

지금도 2번 시드로 2003년 호주 오픈에 참가한 상태다.

영석이 지금까지 붙었던 어떤 선수보다도 훌륭한 커리어를 보이고 있는 셈.

'이 정도면… 응?'

애거시의 이력에서 흥미로운 것이 발견되었다.

—13세에 플로리다에 있는 닉 볼리티에리 테니스 아카데미(NBTA)에서 사사.

닉 볼리티에리 테니스 아카데미.
현재는 IMG에서 인수하여 유소년, 고교생, 대학생 그리고 프로 선수들을 위한 사설 트레이닝 기관으로 되어 있는 아카데미다. 2016년을 보냈던 영석에겐 'IMG 아카데미'로 익숙한 기관이다.
이 기관은 영석 자신과 진희가 몸담았던 아카데미와 라이벌(?) 같은 아카데미였다.
위치도 브레이든턴이어서 영석은 감회가 남달랐다.
첫 우승한 대회가 브레이든턴 오픈이었기 때문이다.
'헤에, 여기 다녔구나.'
계속 내용을 훑자 이런 내용도 있었다.

—그의 집안 형편이 넉넉하지 못했던 탓에 애초에는 8주만 다닐 계획이었으나, 아카데미 원장인 볼리티에리는 앤드리의 랠리를 10분간 지켜본 후 마이크 애거시에게 앤드리는 무료로 아카데미를 다니게 해줄 것을 약속했다.

"허……."
영석은 고개를 들어 강춘수에게 물었다.
"춘수 씨는 이런 거 어떻게 다 찾아냈어요?"

강춘수는 쌈빡하게 답했다.

"웹만 있으면 모든 걸 알 수 있습니다. 두 분이 소속했었던 아카데미 측에서도 많이 도와주고 있고요."

"……."

영석은 대답하지 않고 이어지는 애거시에 대한 강춘수의 브리핑을 들으며 계속 종이를 뚫어져라 봤다.

'70년생이군. 그럼 어디보자… 지금 서른넷?'

애거시는 영석보다 무려 15살이나 많은, 노장에 가까운 선수였다.

본인이 갖고 있는 기량은 차치하더라도 그 나이에 메이저 대회 결승까지 오른 저력이 대단했다. 더위, 빡빡한 일정… 강자와의 연전까지.

그 모든 것을 이겨내고, 지금 영석의 앞에 자리한 것이다.

'2000, 2001년 호주 오픈 우승……. 얼마 전이군. 잠깐, 그럼 네 번 참가해서 세 번 결승전까지 올라온 거야?'

큰 무대에서의 경험이 많다는 것은, 자신의 몸 상태를 언제든 최상으로 만들 수 있는 지혜가 있다는 것을 뜻한다.

그 사실을 몇 줄의 자료를 통해 이해하자, 영석은 꽤나 놀란 듯, 움찔거렸다.

'…일단, 누구 이겼나 보자.'

세미파이널부터, 쿼터파이널, 4라운드, 3라운드… 선수들의 이름을 훑으며 쭉 내려오다가 하나의 이름에서 시선이 멈췄다.

'이형택 선수……'

그렇다.

애거시는 2라운드에서 이형택을 만나 6 : 1, 6 : 0, 6 : 0이라는 압도적인 스코어로 눌렀다.

'스코어가 이 정도였나…….'

이형택 선수의 일거수일투족이 초미의 관심을 불러일으켰던 전생에서, 이형택이 호주 오픈 2라운드에 진출했던 고무적인 '사건'은 명확하게 영석의 기억에 남아 있었다.

애거시를 만나서 졌다는 사실 또한 기억했다.

하지만 스코어가 이렇게 처참했는지는 정확히 기억을 하지 못했다.

애거시가 열여덟 게임을 딸 동안 단 하나의 게임만 땄다는 건, 실력이 하늘과 땅 차이라는 걸 의미한다.

"……."

다들 그 부분을 보고 있었는지, 순간적으로 묘한 정적이 흘렀다.

"잘할 거야."

침묵을 찢어내며 낭랑한 목소리가 들렸다.

"…진희야."

영석이 나직하게 자신의 연인을 불렀다.

얼마나 울었는지 눈두덩이가 볼록 솟아오를 정도로 부어 있는 진희는, 짐짓 쾌활하게 말했다.

"늘 확신으로 날 응원해 줬잖아. 이번엔 내 차례야. 영석이 넌 할 수 있어. 무조건 이겨."

세상 그 어떤 말보다도 진심이 가득 담긴 진희의 응원을 듣자, 영석은 가슴 한켠이 욱신거리는 걸 느꼈다.

영문을 모를 고통이었지만, 영석은 그 고통을 '감동'으로 이해했다.

"고마워."

*　　　*　　　*

어떤 메이저 테니스 대회가 되었든, 가장 마지막에 펼쳐지는 경기는 '남자 단식 결승'이다.

일정이 이렇게 잡히는 것엔 여러 가지 이유가 있겠지만, '한 종목에서의 세계 최강자'를 꼽는 것에 남자 단식 결승이 제일 잘 어울리기 때문이라고 이해하면 쉽다. 물론, 관심도가 가장 큰 것도 일조한다.

진보적인 페미니스트는 이 또한 성차별이라 주장하지만, '누가 더 빠르고, 누가 더 강한가'라는 테니스의 원초적인 의식을 살펴보면 크게 이해하지 못할 것도 없는 일이다.

"……."

라커룸.

희다고 해야 할까, 멀겋다고 해야 할까.

묘한 빛이 뿜어져 나오는 천장, 짙은 갈색으로 각종 가구가 인테리어된 라커룸은 조금은 차가운 느낌을 주기도, 따뜻한 느낌을 주기도 한다.

쏴아아아—

외부의 거대한 소음이 입구에서부터 힘차게 들어오다가 이내 대기로 퍼져 나간다.

영석은 눈을 감고 소음과 적막의 경계에 촉각을 곤두세우며 차근차근 자신의 내부를 관조하기 시작했다.

쿵, 쿵, 쿵…….

가장 먼저 심장이 뛰는 소리가 들려온다.

의식하지 못할 땐 전혀 들리지 않는 이 소리는, 신기하게도 정신을 조금만 집중하면 벼락처럼 크게 들린다.

꿈틀…….

심장의 힘찬 박동에 자극을 받은 온몸의 근육들이 미세하게 꿈틀거리기 시작한다.

거친 혈류(血流)를 온전히 느끼는 감각, 피가 손가락 끝과 발가락 끝까지 돌고 돈다.

"후우……."

자신의 몸에서 일어나는 소리가 곧 세상의 전부가 된 순간, 영석은 호흡을 시작했다.

들숨에 복부를 팽창시키고, 날숨에 공기를 가늘게 내뱉는다.

어깨와 고개를 일절 움직이지 않는다.

'역시, 이렇게 하면 나른해지는군.'

한 번 공기를 뱉어내는 데, 약 2분 가까이 걸린다.

세 번 정도 숨을 가늘게 뱉었을까.

영석은 차분해지다 못해 살짝 나른해진 몸 상태에 기꺼워졌다.

'결승이라…….'

머릿속으로 수많은 상념이 스쳐 간다.

—젊은 모습의 부모님을 처음 만난 것.

—진희를 구한 것.

—다시금 테니스의 길을 택한 것.

너무 자주 떠올리면, 그 가슴 벅참이 일말이라도 훼손될까… 조심스럽게 아껴두며 조금씩 상기했던 기억들이 봇물 터지듯 해일처럼 밀려온다.

그리고 그 기억을 싣고 출발한 열차는 방금 전에 있었던 일행의 격려까지 느긋하게 흘러갔다.

*　　　*　　　*

"왜 다들 그렇게 얼어 있어요."

입장하기 전, 자신을 둘러싼 일행들과 한 명 한 명 다 눈을 마주친 영석이 빙그레 웃으며 긴장을 풀어주려는 듯 가볍게 말을 던졌다.

'아시안게임 때도 그랬던 거 같은데… 혼합복식 때였나?'

한 명, 두 명… 조금씩 늘어난 일행은 어느새 숫자가 꽤 되었다.

부담은 없다. 오히려 모두에게 기를 받는 느낌이라 기분이 썩 괜찮았다.

"아들……."

가장 먼저 한민지가 조심스럽게 운을 뗐다.

"네, 엄마."

영석이 포근하게 웃으며 대답하자, 한민지는 어쩔 줄 몰라 했다.

턱—

그때, 이현우가 한민지의 어깨에 손을 올리며 영석을 바라봤다.

굳건한 눈빛에서 금강석보다 단단한 신뢰가 느껴진다.

"한 톨의 부담감이 가끔은 경기를 망친다. 부디 네가 생각했던 대로, 네가 갈고닦은 기량만큼 완전히 코트 위에 풀어놓고 와라."

가정적인 모습과 강인한 모습을 모두 갖고 있는 아버지다운 말에 영석이 슬쩍 웃으며 답했다.

"물론이죠. 언제 제가 부담감 느끼는 거 봤어요?"

그제야 긴장이 풀린 듯, 한민지도 이어서 격려했다.

늘 영석을 구원했던 맑은 목소리가 영석의 심신을 새롭게 씻어준다.

"늘 자랑스러운 내 아들. 평소대로만 해!"

"응, 고마워요, 엄마!"

그 후로 빗발치듯 일행들은 격려를 전해왔다.

"우리 영석이, 이모한테 트로피 안겨준다고 했던 거 잊지 않았지?"

영애가 윙크를 하며 영석을 가볍게 안고 간단히 격려했다.

"영석아… 너무 부담 갖진 않았으면 좋겠다."

진희의 부모님은 창백한 안색으로 영석의 정신적인 컨디션을 염려했다.

진희가 결승전에서 졌기 때문인지, 더더욱 조심스러운 말이었다.

"물론이죠."

영석이 시원스레 답하자, 그제야 안색에 혈기가 돌기 시작한 진희 부모님을 뒤로하고, 최영태와 이유리가 다가왔다.

이유리가 품에 안은 아기를 영석에게 건넸다.

"승연아, 오빠 힘내라고 뽀뽀 한번 해줘~!"

아기가 용케 그 말을 알아들은 건지 영석의 뺨에 뽀뽀를 했다.

영석이 픽 웃자 아기가 덩달아 꺄르르 웃는다.

이유리가 그 모습을 보고 부드럽게 말을 건넸다.

"이 아이는 운이 좋아. 오빠가 메이저 대회 결승전을 앞두고 있다니……."

"굳이 말하자면 삼촌 아네요?"

영석이 어울리지 않게 농을 건넨다.

"떽! 어린것이 삼촌은 무슨……!! 아무튼, 힘내고… 힘들게 쌓아 올렸던 것들을 유감없이 보여줘라."

"넵!"

"……."

한편, 이 대화에 끼지 못한 남자인 최영태는 자신도 무엇인가 말을 건네야 한다는 압박감에 시달리고 있었다. 그리고 결국 그답게 짧은 말을 툭 던졌다.

"믿는다."

"네!"

10년이 넘도록 이 무뚝뚝한 남자의 표현법에 익숙해질 대로 익숙해진 영석은 개의치 않았다.

"언젠간 너랑 나랑 결승전에서 붙었으면 좋겠다. 그때까지 늘 최고여야 해."

뒤이어 이재림이 부담감을 잔뜩 안기려는 듯 장난스러운 표정으로 영석의 어깨를 툭툭 치며 과장되게 격려했다. 역시나 부러움 반, 응원 반이 섞인… 솔직한 격려였다.

"'언젠가'라고 하면 안 돼. 그럼 그때는 영원히 오지 않아. 구체적으로 목표를 정하자. 3년. 3년 안에 올라와."

영석 또한 애써 평소처럼 굴기 위해 훈계하듯 이재림을 툭툭 쳤다. 이재림은 피식 웃으며 눈을 빛냈다. 늘상 있어왔던 투닥거림이다.

"영석 선수. 정말 그때가 왔어."

박정훈이 김서영을 이끌고 영석에게 다가왔다.

김서영은 얼마나 울었는지, 진희보다도 더 눈이 부어 있었다.

진희가 준우승에 그치자 목 놓아 밤을 새워서 울었다는데, 금방이라도 쓰러질 것 같아 보였다.

"그때요?"

영석이 김서영을 애써 의식하지 않으려 노력하며 답했다.

"오프 더 레코드."

"…아!"

박정훈이 씨익 웃으며 말하자, 그 의미를 알아들은 영석도 씨익 웃었다.

"맡겨주세요."

"자, 잘해요, 영석 선수! 제가 최고로 멋진 사진 찍어서 꼭 표지로 쓸게요!"

김서영이 꾸역꾸역 힘을 내서 영석을 격려했다.

"네, 고마워요."

짧게 답한 영석이 단정한 모습으로 걸어오는 강씨 남매를 바라봤다.

"제가 모시는 선수가 세계 최고의 선수라는 걸, 전 굳건히 믿고 있습니다."

"오늘도 절 놀라게 해주세요."

사람들이 내뱉는 말은 제각각 자신의 성격을 반영하고 있다는 걸, 이 남매를 통해 여실히 깨달은 영석이 씨익 웃으며 답했다.

"네. 절 믿으세요."

…그리고 마지막 남은 한 명.

진희가 뚜벅뚜벅 걸어와서 영석과 마주 섰다.

"……."

울음일까, 웃음일까.

처연한 것일까, 당찬 것일까.

아직도 모를 표정을 애써 감춘 진희가 뜬금없는 말을 던졌다.

"난 2절은 안 해."

"응."

"…뭐가 응이야."

다 이해한다는 듯, 다정하게 웃음 짓는 영석을 타박하며 품에 와락 안긴 진희가 영석의 등을 쓰다듬으며 주문을 외우듯 중얼거렸다.

"내 지주(支柱). 넌 오늘 역사를 새로 쓰고, 세상을 뒤집을 거야. 난 확신하고 있어. 네가 이길 거야."

애처롭고 간절한 문장들로 이루어진 진희의 중얼거림에 영석은 여느 때처럼 큼지막한 손으로 진희의 머리를 쓰다듬었다.

"당연하지."

그렇게 한동안 진희를 꼭 껴안은 영석이 진희의 등을 한차례 두들기곤 쾌활하게 외쳤다.

"갔다 올게요!"

"크큭……."

텅 빈 공간에서 소중한 기억들의 행렬을 감상한 영석이 나직하게 웃음을 터뜨린다.

길게 찢어진 입꼬리가 너무나 싱그럽게 보일 정도로 영석은 행복함에 젖은 얼굴이었다.

휑한 공간이었지만, 든든했다.

"이겨야지. 암, 이겨야지……."

짝! 짝!

왼쪽 허벅지와 오른쪽 허벅지를 한 번씩 손바닥으로 가볍게 쳤다.

덜덜덜 다리가 떨려오기 시작한다. 빨리 뛰고 싶다는 듯, 칭얼대는 것 같았다.

피식.

씩 웃은 영석이 자신의 양팔 또한 한차례씩 친다.

꾸득, 뿌득 소리를 내며 근육이 팽팽하게 부풀어 오르기 시작한다.

의심할 수 없는 거력이 어깨에서부터 손아귀까지 내려 뻗는다.

지구를 들어 올릴 수 있을 것 같은 패기가 잔거품을 내며 부글부글 끓어오른다.

짝!

마지막으로 자신의 양 뺨을 가볍게 두드린 영석이 벌떡 일어났다.

"가자."

거대하고 위대한 시합의 시작을 알리기 위해, 영석은 빛이 쏟아져 들어오는 입구를 향해 힘찬 걸음을 내디뎠다.

*　　　*　　　*

그 이름도 참으로 영광스러운 메이저 대회, 호주 오픈.

이 경기의 승자는 인생이 바뀌는 경험을 할 수 있다.

천문학적인 상금, 상상을 초월하는 유명세, 역사에 자신의 이름을 올릴 수 있는 독특한 쾌감까지…….

한 선수가 얻을 수 있는 것을 모두 얻어낼 수 있는 곳.

저벅, 저벅…….

영석이 연두색 바닥이 시원하게 느껴지는 코트에 힘찬 걸음을 옮겼다.

"……!!!"

공기의 질이 달랐다.

한층 더 농밀해진 공기가 무겁게, 때론 가볍게 온몸을 기어 다닌다.

로드 레이버 아레나(Rod Laver Arena).

세계에서 가장 유명한 코트 중 한 곳에서 자신을 기다리고 있는 2만 명에 가까운 관중들에게 성큼 다가가는 경험은 그야말로 짜릿했다.

우와와아아아— 라며 소리를 치는 것, 삐이익—거리며 휘파람을 부는 것… 이런 것들처럼 필설(筆舌)로 형용할 수 있는 소리가 아니었다.

우우우우우웅!!!

지진이 하늘에서 일어나면 이럴까.

그야말로 천진(天震)이었다.

거대해지다 못해 위대해진 소리의 뭉치가 영석의 몸을 사정없이 때린다.

"크으……."

발가락에서부터 덜덜 떨려오는 흥분과 쾌락에 영석은 뛰노는 심장을 주체할 수가 없었다.

찰칵—거리는 셔터 소리가 뭉쳐서 '펄럭!' 소리를 내며 번쩍번쩍거린다.

과거의 그 어떤 영광스러운 무대도 이처럼 끓어오르지 않았었다.

"대단해. 아주 대단해!"

영석은 호연지기(浩然之氣)에 몸을 맡겼다.

우우웅!

마찬가지로, 연두색 코트가 자신의 몸 위에 세계적인 선수 두 명을 올려놓고 환희에 몸을 떨었다.

*　　　*　　　*

세로로 심플하게 두 줄 검은색 선이 들어간 흰색 티, 번쩍이는 민머리 위에 눌러쓴 흰 모자, 검은색 반바지를 입고 있는 애거시는 이 무대가 자연스러운 듯, 아무런 불편함이 보이지 않았다. 하늘을 한번 바라본 애거시는 햇빛이 없는 걸 깨닫고는 모자를 벗어서 손에 쥐었다.

그런 애거시를 시리게 바라보는 영석 또한 어느새 필요 이상의 고양감을 내려놓고 있었다.

"……"

한차례 몸풀기가 끝나고, 선수들은 각자의 벤치에 앉아 장비를 점검하는 시간을 가졌다.

극히 짧은 여분의 시간.

영석은 손바닥으로 라켓 면을 팡팡 두드려 스트링의 장력을 체크했고, 테니스화의 끈을 다 풀었다가 천천히 묶었다.

부우우—

신호음이 들리고, 선수들은 모두 네트로 향했다.

"반가워, 루키."

애거시가 큰 눈에 가득 기꺼운 감정을 담아 영석에게 말을 건넨다. 해학적인 표정이 연상되는 시원시원한 얼굴, 경박스럽지 않으면서도 산뜻함을 주는 목소리였다. 그래서였을까, 악수를 청하는 동작에서도 관록과 기품이 엿보였다.

영석은 마주 웃어주며 손을 잡았다.

'거칠군.'

자신의 손도 상대방에게 그렇게 느껴질 걸 아는지 모르는지, 영석은 돌덩이같이 딱딱한 애거시의 손을 살짝 잡고 흔들었다. 손을 꽉 잡는 등의 유치한 기 싸움 같은 건 없었다.

"잘 부탁합니다."

애거시는 묘한 미소를 짓더니 의미심장하게 느껴질 수 있는 말을 남겼다.

"오늘, 이 영광스러운 무대에서 테니스의 신이 당신과 나에게 모두 은총을 내리길. 그래서 좋은 경기를 펼칠 수 있길 바랍니다."

곧 오늘의 엠파이어와 악수를 나눈 두 선수는 서브권을 가릴 운명의 동전을 침착한 눈으로 지켜봤다.

Chapter 48

Men's Singles Final Ⅰ

대인원이 자아내는 침묵이 묘하게 공포스럽게 느껴졌다.

상상을 초월하는 시선이 온몸을 타고 흐른다. 얼굴, 손, 등, 옆구리, 다리, 국부…….

그 모든 시선들이 여실히 느껴졌다.

통, 통, 통, 통, 통…….

듀스 코트에서 서브를 준비하는 영석은 발가락 끝부터 쾌락이 조금씩 자글자글 끓어오르는 것을 느꼈다.

'아주~! 기분이 좋군.'

상쾌하게 서브권마저 자신이 갖고 온 상황.

질식할 것 같은 분위기를 깨려는 듯, 입꼬리를 길게 당겨 웃은 영석은 지체 없이 토스를 했다.

쉭—

관중들은 내뱉던 숨마저 다급하게 멈추고 시선을 공에 맞췄다. 던져진 것이 아닌 '공중에 떠 있는' 것 같은 공은, 일체의 회전을 찾아볼 수 없었다.

영석이 토스를 함으로써 시합은 시작되었지만, 역설적으로 세상이 모두 정지 상태가 된 것 같다.

"……."

마치 무중력 공간에서 떠다니는 것 같은 기분이 느껴지는 것도 찰나,

"흡!!"

영석이 숨을 멈추고 거구를 움직이기 시작했다.

휙!

공이 너무나 느긋하게 공중에서 유영하고 있는 것과 대비되는, 벼락같은 스윙이 길쭉한 팔을 타고 구현된다.

평범한 유연성을 극대화한 탓인지, 팔이 채찍처럼 보이는 것 같기도 했다.

이윽고,

쾅!!!

격렬한 타구음과 함께 바야흐로 2003년 호주 오픈 남자 단식 결승이 시작되었다.

* * *

선수의 당일 컨디션을 유추할 수 있는 방법은 일전에도 말했다시피, 선수의 빈 스윙을 보면 알 수 있다.

쉭쉭—거리며 팔을 휘두르는 모습을 보고, 같은 프로 선수는 '느낌'을 받는 것이다.

'아, 이놈 오늘 좀 괜찮은 날이구나', '한 번도 못 봤던 선수인데 꽤 괜찮은데?'라면서 말이다.

하지만 보다 직접적으로 선수의 컨디션을 체크해 볼 수 있는 방법이 있다.

—타인의 방해가 일절 없는 상황에서 자신이 던진 공을 자신의 몸을 움직여 친다.

누군가의 개입 없이, 오롯하게 '나'로 시작해서 '나'로 끝나는 것, 바로 서브다.

쉬이이익—

영석의 라켓을 떠난 공은 긴 타원형으로 찌그러져서 폭발적인 에너지를 품고 애거시에게로 쏘아졌다. 그 스피드가 얼마나 빨랐는지, 영석이 바닥에 착지하기도 전에, 공은 이미 네트를 넘어가고 있었다. 마치 생물처럼 으르렁거리는 것 같은 착각이 들었다.

가히 살인적인 스피드와 기세라고 할 수 있었다.

'…허.'

쿵!

하지만 애거시는 유황불처럼 타오르는 눈빛을 깊게 침잠시키고는, 영석의 서브를 그대로 '보냈'다.

"피프틴 러브(15 : 0)."

결승전이라 그런지, 심판도 또박또박한 발음으로 경기장이 꽉 차게 목소리를 키웠다.

짝짝짝—

관중들은 영석의 서브를 보며 한숨 같은 탄성을 질렀다.

멈췄던 숨을 내뱉으며 가슴을 쓰다듬는 관중들이 태반이었다.

그러나 영석은 께름칙한 느낌을 받았다.

'야구도 아니고… 지켜본 건가? 반응도 시도해 보지 않았다는 게 걸리는군…….'

저벅저벅—

영석은 볼키즈에게 공을 두 개 건네받아 둘 다 바닥에 튕겨보곤 하나를 던져줬다.

이제는 애드 코트.

두 번째 서브를 시도해야 한다.

휙—

영석이 공을 토스하자, 다시금 모두의 시선이 공 끝에 매달려 있었다.

쉭!! 쾅!!!

타닷!!

공이 라켓에 맞는 순간, 애거시는 가볍게 몸을 놀려 리턴을 준비했다.

하지만…….

차륵! 쉭!!!

쿵!

"렛(Let), 퍼스트 서브."

영석의 공이 네트를 살짝 스치고 서비스라인 안으로 꽂혔다.

팡!!

애거시는 긴장을 풀며 공을 가볍게 네트로 쳐줬다.

네트 양옆에 대기하고 있던 볼키즈 두 명 중 한 명이 재빨리 코트 안으로 들어와 공을 주워 갔다.

'이번엔 반응했다라……. 다행이군, 폴트가 아니어서.'

렛(Let)이란, 서브 또는 득, 실점이 결정되었던 플레이를 무효로 하고(규정에 의하여) 다시 한 번 그 무효가 된 득, 실점을 결정하기 위한 플레이를 한다는 뜻이다. 규칙에 의하거나 혹은 플레이를 일시 중단 했기 때문에 '렛'이 선언되는 경우 그 '렛'은 다음과 같은 뜻이 있다.

첫째, 서브의 경우 해당 서브를 다시 한다.

둘째, 그 밖의 경우 득, 실점을 무효로 하고 다시 한다.

영석의 퍼스트 서브는 네트를 스치고 서비스라인에 '인'이 되었기 때문에, 무효 처리를 하고 다시 퍼스트 서브를 할 수 있게 된다. 만약 네트를 스쳤지만 서비스라인을 벗어난 경우, 폴트 처리가 된다.

훅—!

짧은 호흡과 함께 영석이 다시 공을 토스했다.

쉬릭— 쾅!!!

한결같은 강한 타구음을 쏟아내며, 공이 짓쳐들어왔다.

공을 바라보는 애거시의 눈이 일순, 섬뜩하게 빛을 발한다.

쿵!!

공이 와이드로 찍혔다.

왼손잡이인 영석은 애드 코트에서 와이드로 서브를 날릴 때, 공이 큰 각도로 떨어지게끔 조율하는 것이 가능했다.

"……."

애거시는 여지없이 백핸드로 응수할 수밖에 없는 상황.

양손으로 라켓을 꽉 잡은 애거시가 현란하게 발을 놀린다.

타다다닷!!!

끽, 끼기기긱!!

1초도 안 되는 시간에, 이처럼 화려한 스텝을 선보일 수 있는 선수가 전 세계에 몇이나 될까.

애거시는 그게 가능한 선수 중 한 명이었다.

펑!!!

쭉 뻗은 양팔을 이용해 미끈하면서도 강렬한 스윙을 펼치는 애거시 특유의 백핸드가 터져 나갔다. 코스는 직선, 영석의 오픈 스페이스였다.

"……!!!"

움찔 몸을 떤 영석이 몸을 날리려 했지만, 공은 속절없이 지나가 버렸다.

자신의 서브가 온전히 힘을 머금고 되돌아오는 경험, 그것은 영석에게도 꽤나 충격적이었다.

"아웃!!!"

하지만 행운의 여신은 영석의 편이었는지, 공은 살짝 빗나갔고, 부심이 공이 나갔음을 크게 알렸다.

"서티 러브(30 : 0)."

애거시는 가볍게 웃으며 어깨를 으쓱였고, 영석은 듀스 코트로 걸음을 옮기며 생각에 빠졌다.

'반응이 빠르다. 그 코스에 꽂혔을 때, 이처럼 맥없이 리턴을 당한 적은 처음이야. 서브를 한 번만 보고… 아니, 두 번이군. 마침내 세 번째 만에 대략적으로 리듬을 읽어낸 거야!'

영석의 몸을 타고 가볍게 소름이 돋아났다.

자신의 한계치에 가까운 서브를 그토록 쉽게 적응해 내는 애거시를 보고 승부욕이 들끓어 오를 수밖에 없었던 것이다.

'어디, 계속 가보자고.'

휘릭! 꽝!!!

첫 번째 게임, 세 번째 포인트.

듀스 코트에서의 서브를 준비한 영석이 서브를 날렸다.

흥분으로 인해 몸에 살짝 힘이 들어갔는지, 평소와는 미묘하게 다른 타이밍에 공을 쳤다.

쿵!!

"……."

공은 센터에 찍히며 쭉쭉 앞으로 뻗어 나갔고, 뒤늦은 애거시의 스윙이 애꿎은 허공을 갈랐다.

'운이 좋았어…….'

영석이 노렸던 코스는 서비스라인, 센터 깊숙한 곳이었다.

실질적으로 공이 들어간 곳은 서비스라인 센터 중간쯤이었다. 그것도 선 위에 말이다.

노린다고 들어갈 수 있는, 그런 쉬운 코스는 아니었다.

230km/h를 웃도는 서브라면 더더욱 말이다.

"포티 러브(40 : 0)."

심판이 스코어를 읊었고, 애거시는 뚜벅뚜벅 걸어와 공이 찍힌 자리를 유심히 내려다보았다.

그러고는 고개를 절레절레 젓고 베이스라인으로 물러났다.

피식.

그런 애거시를 보고 씩 웃은 영석이 네 번째 포인트를 위한 서브를 준비했다.

애드 코트로 걸어가며 잠시 고개를 들어 하늘을 바라봤다.

'덥지 않아.'

호주에 온 이후로, 아니, 2001년의 경험까지 합해서, 호주에서 이처럼 쾌적한 날씨에 공을 치게 되니 신기한 기분이었다.

더군다나 시간도 저녁이었다. 눈이 멀어버릴 것 같은 라이트 몇 개가 희끄무레한 노란빛을 강렬하게 쏘아댔다.

'운이 아니야.'

묘한 감각에 젖은 영석이 운이 좋았다는 방금 전의 발언을 철회했다.

이 정도로 쾌청한 날씨다. 신체 능력을 약간 엇나간 서브가 제대로 코스에 들어갔다는 것 정도로 운이 좋다고 말하기엔 아쉬운 느낌이다.

'얼마든지 그런 서브를 계속 칠 수 있을 것 같아.'

퉁퉁…….

볼키즈가 공 두 개를 다시 건넸다. 공을 라켓으로 받은 영석이 물끄러미 공을 바라보다 '느낌이 좋은' 공을 집어 들고 나머지 하나를 볼키즈에게 던졌다.

영석이 퍼스트 서브를 100%의 확률로 꽂아 넣고 있는 지금, 주머니에 볼록하게 자리 잡고 있는 공은 호주치고는 상쾌한 밤 공기를 몸으로 느낄 수 없었다.

훅!

겨우 네 번째 포인트.

땀 한 방울 흘리지 않은 영석은 다시 힘차게 공을 토스했다.

방금 전의 감각을 다시금 재현해 볼까 하다가, 늘 했던 익숙한 리듬의 서브를 시도했다.

숙달되지 않은 것보다, 안정감이 있는 걸 택하는 건 인지상정(人之常情)이었다.

꽝!!!

다시금 공이 빠르게 짓쳐들어왔다.

시선을 정면에 두고 지면으로 내려오며 자신의 공을 쏘아보는 영석은 불현듯 강렬한 '예감'이 들었다.

'받는다!!!'

끽, 끽!!

타다다닷!!!

일종의 예감을 느낀 영석이 몸을 빠르게 앞으로, 앞으로 전진시켰다.

길쭉한 몸이 빛살처럼 쭉쭉 뻗어 나간다.

쿵!!

고작 두 걸음 정도 앞으로 옮겼을까.

공은 이미 바닥에 찍혔고, 바운드되고 있었다.

그리고… 애거시는 완벽한 리턴을 준비하고 있었다.

'조금 더 빠르게!!!'

영석은 자신의 몸을 채찍질하듯 다그쳤다.

애거시가 달려 나오는 영석을 힐끗 보고는 공에 집중했다.

세계 톱 플레이어의 뇌에선 지금 어떤 계산이 복잡하기 이뤄질지 아무도 몰랐다.

하지만 영석의 의도와 애거시의 의도는 결국엔 심플한 구도를 보인다.

—발리 VS 패싱.

'코스가 문제야.'

침을 꿀꺽 삼킨 영석이 삽시간에 전신을 지배하고 있는 긴장감을 억눌렀다.

끼긱…….

꽈앙!!!

네트에 거의 도달한 영석의 현란한 스텝이 조금 누그러진 찰나, 애거시가 잔뜩 힘을 모은 리턴을 갈겼다.

포핸드.

너무나 강렬한 포핸드가 빛줄기가 되어 영석의 오른쪽으로 빠져나가려 했다.

'어딜!!'

끼긱, 끽!!!

왼발을 크게 오른쪽으로 디뎌, 등을 보인 영석이 팔을 쭉 뻗어 공에 라켓을 대었다.

길쭉한 다리가 크게 벌어지고, 쭉 펴진 팔의 선이 아름다웠다.

팡!!

공의 힘과 속력을 한껏 죽인 영석이 빠르게 몸을 돌려 다시 정면을 바라보았다.

두두두두두!!!

애거시가 맥없이 넘어오는 공을 향해 들소처럼 뛰어왔다.

옷 위로 선명하게 솟아오른 근육들이 꿈틀댄다.

'……'

노련한 이 굴지의 톱 플레이어는 격렬한 몸짓과는 다르게 태연자약한 얼굴이었다.

눈동자가 쉴 새 없이 움직이며 영석의 몸을 분해하고, 공간을 창출해 내려 한다.

해학적이었던 얼굴이 금세 살인마 같은 눈빛을 뿜어댔다. 냉혹하고 침착한 표정.

몸과 정신이 따로 놀고 있다는 방증이었다. 혹은, 정신을 둘로 나누어 하나는 몸을 컨트롤하고, 남은 하나로는 전개를 구상하고 있을 수도 있다.

퉁!

그런 애거시의 선택은, 크로스로 낮게 깔리는 발리. 미처 네트에 닿지 못한, 달려오고 있는 영석의 발목에 떨어지는 공이었다.

타이밍보다는 손목의 유연함이 요구되는, 센스 있는 선택이었다.

하지만…….

'어림없지!'

영석은 그 공을 따라가기보다 땅을 박차고 머리를 숙인 채 불쑥 몸을 앞으로 던졌다. 그걸로도 모자랐는지 다리를 쭉 찢었다. 195㎝의 거구가 얼마나 자세를 낮췄는지, 네트와 머리 높이가 비슷했다. 물론 허리는 꼿꼿하게 펴 있는 상태였다. 순전히 다리를 길게 찢어 주저앉듯 자세를 낮춘 것이다.

"……!!"

그 기괴한 동작에 움찔 몸을 떤 애거시의 반응과 상관없이, 영석은 자세를 낮춘 그 상태에서 배드민턴 선수가 푸시(Push)를 하듯, 라켓 면이 정면을 바라보게끔 만들고 공을 중간에 잘라 먹었다.

팡!!!

공은 빠르게 빈 공간을 향해 짓쳐 들었고, 애거시는 따라잡지 못했다.

1 : 0.

영석은 러브게임(Love Game : 한쪽 선수가 1포인트도 얻지 못하고 마무리된 게임을 말함)을 달성하고는 호연지기(浩然之氣)가 가득한 미소를 지었다.

*　　　*　　　*

여유가 있었던 건지, 아니면 꽤나 힘들었던 건지 모를 첫 번째 게임이 끝났다.

영석의 개인적인 감상과 상관없이, 러브 게임으로 끝났기 때문에 일방적인 전개로 보였다.

그리고 어떠한 감평도 허용치 않겠다는 듯, 바로 두 번째 게임이 시작되었다.

애거시의 서브.

'흐음…….'

공을 서너 개 받아서 유심히 자신이 서브로 사용할 공을 고르는 애거시를 바라보는 영석의 눈길이 매섭다.

'강할까?'

20대 때는 어땠을지 몰라도, 30대 중반에 다다른 애거시는 영석의 몸처럼 날렵하고 근사한 체형을 갖고 있진 않았다.

180㎝ 정도의 신장, 전체적으로 동글동글한 느낌을 주는 체형이 특징적이었다.

하지만 흉부의 두꺼운 근육들과 통이 넓은 몸통이 그를 흡사 바위처럼 느껴지게끔 만들었다. 이를테면, 최영태의 몸이 떠오르는 체형이었다.

'운동선수는 30대가 절정이라는 소리도 있지. 하지만 그건 힘에 치우친 경우가 많아.'

20대의 애거시가 슈퍼스타였다는 건 누구도 의심할 수 없는 진리였다.

치렁치렁한 금발, 화려한 귀걸이, 누구나 빠져들 수밖에 없는 근사한 얼굴, 할리우드 스타를 한 수 아래로 볼 정도의 여성 편력… 흡사 록 스타의 표상(表象) 같았던 애거시의 인기는 하늘을 찔렀다.

그는 화려한 외모에 걸맞은 실력까지 갖췄었던, 보기 드문 전설적인 선수이기도 했다.

90년대에 들어 올렸던 수많은 트로피들이 그 사실을 입증한다.

'지금은 아저씨지만.'

미래를 안다는 것은 때때로 이렇게 온전한 집중을 끌어내지 못하게 만들기도 한다.

이름을 알고 있는 선수가 향후 어떤 삶을 살아갈지, 언제 우승을 하고 언제 은퇴를 할지… 이런 정보의 홍수가 느닷없이 머릿속을 가득 채우기도 하는 것이다.

휙, 휙.

영석은 피식 웃으며 상념을 끝냈다.

과거의 기록과 외모는 지금 이 순간, 하등 중요하지 않았다.

지금의 자신은 2003년의 애거시와 네트를 사이에 두고 경쟁을 하고 있는 중이다.

최고의 적을 앞에 두고 아저씨니 뭐니 했던 자신이 새삼 우습다.

'서브도… 곧 보겠지.'

익숙한 듯, 능숙하게 잡념을 털어낸 영석이 자세를 낮추고 라켓을 손 안에서 뱅글뱅글 돌렸다.

"……."

다시금 1만 명이 훌쩍 넘는 대인원의 소란스러운 정적이 둥, 둥— 고동을 퍼뜨리기 시작했다.

그 침묵 사이사이에서 눈을 빛내길 여러 번.

마침내 애거시가 두 번째 게임의 시작을 알렸다.

그에 맞춰 영석의 긴장감도 한계에 가깝게 치달았다.

쉬리리릭!!! 쾅!!!

"흡!!!"

쏜살같이 짓쳐들어오는 공을 맞이하여 영석은 벼락처럼 움직였다.

'와이드!'

와이드로 꽂히는 서브를 보자마자 양손으로 잡은 라켓을 뒤로 한껏 뺀 영석이 완벽한 타이밍에 리턴을 시도했다.

'어디?'

찰나를 100단위로 쪼갠 그 순간, 영석의 사고가 무수한 계산을 펼치기 시작한다.

순간적으로 코트를 8×8… 즉 64개로 나눈 후, 각자의 위치로 보냈을 때 전개될 상황을 예측하는 것이다.

'너무 많아. 이건 무리다. 각각의 경우의 수는 생략. 코스를 9개로 나누자.'

평범하게 랠리를 하던 중이라면 가능했을 것이다.

하지만 영석도 사람인지라 200㎞를 훌쩍 넘는 서브가 짓쳐들어오는 순간에 완벽한 계산은 하지 못했다.

1	2	3
4	5	6
7	8	9

머릿속에 떠올린 코트가 각 구역별로 다른 색깔로 보이기 시작했다.

'애거시는 지금 7에 위치하고 있고……. 4로 보낸다.'

꽝!!!

망설임 없이 자신이 선택한 곳으로 공을 보내는 영석의 표정에 긴장이 가득했다.

쉬이익!!!

세계 최고의 서버라는 영예에 한없이 가까운 영석이 다른 것으로도 세계 최고를 노릴 수 있는 가능성이 있는 것.

바로 백핸드 스트로크다.

풍부한 회전, 엄청난 스피드를 품은 공이 날카롭게 4로 파고들어 갔다.

"……."

영석의 무지막지한 서브에는 눈 하나 깜짝 안 하던 애거시는 영석의 백핸드를 보자 눈가에 가느다란 경련을 보였다. 그리고 그 모습이 영석의 특출한 시야에 잡혔다.

'스트레이트!'

마치 주문을 외듯, 영석은 스트레이트를 외쳤고, 신기하게도 애거시는 스트레이트로 레이저 같은 공을 보냈다.

꽈아앙!!!

바라기는 했지만, 정말로 스트레이트로 보내자 당혹스러운 웃음을 지은 영석이 득달같이 몸을 날렸다. 애거시가 스트레이트로 보낸 곳은 영석에게 오픈 스페이스이기 때문이다.

다다다다닥!!!

끼긱!!

마치 단거리 육상 선수처럼 전력 질주를 한 영석이 마주 오는 공을 보며 시리게 웃었다.

몸이 깃털처럼 가볍다. 원하는 곳이 어디든 그 누구보다도 빠르게 도착할 것이란 믿음이 생겼다. 마치 아이의 몸이었을 때처럼 말이다.

'이 감각… 오랜만이군.'

반가운 감각에 속으로 미소 지은 영석은 달려가는 동작을 유지한 채 팔을 휘둘렀다.

'9!!'

쾅!!!

숫자를 머릿속에서 상상하는 것만으로 팔과 손의 감각이 기묘하게 작용한다.

쉬익—

러닝 포핸드로 처리한 공은 일체의 스핀 없이, 그저 빠르고 빠르게 나아갔다.

두두두두!!

잠시 영석에게 놀란 애거시는 톱 플레이어답게 몸을 가만 놔두질 않고, 금세 공을 쫓아 달렸다.

틱!

그러나 아쉽게도 공은 라켓의 테두리를 스치고 지나갈 뿐이었다.

"끄아아아!!!"

관중들은 이 놀라운 플레이에 어마어마한 환호를 보냈다.

환호가 뭉치고 뭉쳐, 비명처럼 들릴 정도였다.

"러브 피프틴(0 : 15)!"

그 환호성 속에 나직하게 스코어를 읊으며 자신의 책무를 다하는 심판의 목소리가 묻혀 있었다.

*　　　*　　　*

두 번째 게임은 제법 길게 이어졌다.

그 자신이 뛰어난 서버일 뿐 아니라, 탁월한 리턴까지 구사하는 영석에게, 애거시의 서브는 여간해서 통하지 않았다.

단 한 번의 에이스도 뽑아내지 못한 애거시는 랠리를 길게 이어가야 하는 지구전에 돌입하는 것이 마땅찮았는지 인상을 찌푸렸다.

"듀스."

몇 번의 듀스가 이어졌을까, 두 선수는 숨을 가늘게 뽑아내며 들썩이는 어깨와 가슴을 내리눌렀다.

'재밌군.'

영석은 받아내기 힘든 공까지 악착같이 뛰어가 받아내며 랠리를 가급적 길게 이어갔다.

굳이 따지자면 이것 또한 영석의 심계였다.

서브에 절대적인 자신감이 있는 영석이 호주 오픈에서 줄곧 써먹었던 전략이기 때문이다.

자신의 서브 게임은 빠르게 킵(Keep)하고, 한 번이라도 상대의 게임을 브레이크(Break)하는 전략. 그럼 세트 내에서 스코어는 한 게임이 벌어진 채로 진행된다.

상대로서는 자신의 서브 게임을 목숨 걸고 지켜야 하는 압박감이 생긴다. 영석의 서브 게임을 브레이크 하긴 힘드니 말이다.

자신만의 확고부동한 전략.

이 전략은 지금까지는 잘 맞아떨어졌다.

하지만…….

쉬—익!!!

뻥!!!

네 번째 듀스.

애거시의 퍼스트 서브가 받아낼 수 없는 곳에 찍혔다.

"어드밴티지 서버(Adv Server)."

듀스에 접어들면 두 포인트를 연속해서 따내야 게임이 끝난다.

서버가 한 포인트를 따내면 어드밴티지 서버, 리턴을 하는 선수가 한 포인트를 따내면 어드밴티지 리시버다.

짝짝짝!!

두 번째 게임에서 드디어 터진 애거시의 서브 에이스.

관중들이 박수로 기념할 만한 서브를 치하했지만, 애거시는 침착하게 자리를 옮겨 서브를 준비할 뿐이었다.

'이런 건 어쩔 수 없지.'

영석도 가볍게 한숨을 쉴 뿐, 딱히 크게 아쉬움을 표하진 않았다.

무려 몇 년이나 지켜왔던 세계 랭킹 1위.

상대가 누구라도 받아낼 수 없는 서브 정도는 가끔씩이라도 터뜨릴 수 있어야 오를 수 있는 자리다.

휘릭, 쾅!!!

감각이 올라왔는지, 애거시는 지금까지와 다르게 조금 빠른 템포로 서브를 날렸다.

'퀵 서브?'

타이밍을 잡고 있던 영석은 리턴을 준비할 반 호흡을 빼앗긴 상태로 팔을 휘두를 수밖에 없었다.

펑!!!

자신의 의도에 맞지 않는 타이밍에 휘둘러진 라켓이었지만, 타구음은 심상찮았고, 속도 또한 빨랐다.

'얕아!'

하지만 코트 안에 있는 두 선수는 이 리턴이 갖고 있는 미묘한 아쉬움을 읽어냈다.

그리고 애거시는 그런 틈을 놓칠 선수가 아니었다.

타닷, 탓!!

획~! 펑!!!

가볍게 점프해서 잭나이프로 공을 후드려 깐 애거시의 표정은, 아까의 찌푸림 상태 그대로였다.

쉬익—

자신이 보낸 공이 두 배는 더 빠르게 되돌아오자, 영석은 짧게 혀를 차고 심호흡을 했다.

"으득!!"

폐에 공기가 가득 차자, 이를 악문 영석은 도저히 받아낼 수 없을 것 같은 상황으로 보이는 순간에도 최선을 다해 몸을 던졌다.

오늘의 자신이라면, 왠지 받아낼 수 있을 것 같다는 생각을 했기 때문이다.

다다다닥!!

"크합!!"

펑!!

기합과 함께 공을 보낸 영석이 퍼뜩 고개를 쳐들었다.

'코스까지 신경을 못 썼어!'

아니나 다를까.

애거시는 네트 앞에서 침착하게 공을 받았다.

퉁.

툭, 툭…….

"게임 애거시."

두 번째 게임은 기나긴 접전 끝에 애거시의 킵으로 끝났다.

스코어 1 : 1.

이제 세 번째 게임.

다시금 영석의 서브 게임이 찾아왔다.

*　　　*　　　*

퉁, 퉁, 퉁, 퉁, 퉁…….

이제 영석이 서브하기 전에 공을 다섯 번 튕긴다는 건, 애거시를 비롯하여 관중들까지 대략적으로 인지하고 있었다.

작은 고갯짓이 공이 튕기는 순간마다 이어진다. 다소 우스꽝스러운 모습이었지만, 아무도 인지하지 못했다.

"후우……"

가늘게 숨을 뱉어내며 영석이 토스를 올렸다.

쨍!!

영석의 눈으로 라이트에 빛이 쏘아진다.

'큭…….'

토스한 공을 그대로 두었다. 공은 코트에 그대로 떨어졌고, 영석은 손을 번쩍 올려 사과의 제스처를 보였다.

주어진 시간 내로만 다시 서브를 하면 되었기에, 별로 문제 될

건 없는 일이다.

"후……."

휙—

다시금 가볍게 공을 공중에 던지고, 영석이 함께 뛰어 오른다.

아래에서 위로 뱀처럼 똬리를 틀며 거력이 어깨에 도달한 순간—

"흡!!"

몸을 휘돌고 있는 힘이 행여나 입 밖으로 빠져나갈까, 영석은 입을 앙다물었고, 끓어오르는 비명 같은 기합이 치아를 두드렸다.

꽝!!!

공이 라켓에 닿기도 전에 영석은 직감했다.

의심할 바 없는 오늘 최고의 서브가 터진 것을 말이다.

쉬익—

공기를 가르는 소리부터가 범상치 않았다.

'에이스다.'

코스까지 완벽하게 조절되진 않았지만, 날아가는 기세로만 봐도 에이스를 직감하게끔 했다.

하지만…….

빠엉!!!

애거시는 예상이라도 한 듯, 가볍게 팔을 휘둘렀고, 정확한 임팩트가 상상도 못 할 타구음을 이끌었다.

'……!!'

솜털이 곤두설 정도로 충격을 받은 영석이 몸을 놀리려는 찰나,

촤륵!!

애거시의 리턴이 네트에 걸려 넘어오지 못했다.

"피프틴 러브(15 : 0)."

쯧- 하고 혀를 차는 소리가 영석의 귀에도 들려온다.

애거시는 아쉬운 듯, 자신의 라켓 면을 팡팡 두드렸다.

영석은 그 자리에 못 박힌 듯, 1, 2초가량 멍하니 있었다.

비록 네트에 박혔지만, 애거시의 리턴은 굉장했다.

완벽한 타이밍과 완벽한 타점, 코스까지도 흠잡을 데 없었다.

스포츠라는 것은 '완벽'을 추구하는 것이지, 완벽할 수 없다는 점이 특징인데, 애거시의 리턴은 '완벽'했다. 네트를 넘어오지 못했다는 것을 제외하면 말이다.

'완벽히 반응했어……? 벌써……?'

남들이 200km/h에서 놀 때, 230km/h를 웃도는 서브를 갖고 있다는 건 분명 대단한 무기가 된다.

하지만 자신이 그런 빠른 서브를 못 치더라도, 리턴으로… 즉 영석의 서브를 충분히 받아낼 수 있는 선수는 작정하고 세어보면 스무 명 가까이는 된다.

'그래도 너무 빠르지 않나?'

능력이 있다 하더라도, 눈에 익기까지의 시간은 반드시 필요한 법.

이렇게 세 번째 게임, 즉 영석의 두 번째 서브 게임에서 완벽한 타이밍에 받아내기란 불가능하다.

저벅저벅-

더 이상 시간을 끌면 안 된다는 걸 아는 듯, 영석의 몸이 주인의 의식과는 별개로 애드 코트로 걸어갔다. 볼키즈에게 건네받은 공도 천연덕스럽게 골라낼 정도였다. 선수 생활이 몸에 익었다는 방증이다.

그 과정에서 영석은 생각을 계속 이었다.

'이번 호주 오픈에서 서브로 가장 우수한 건 로딕이야. 그리고 로딕은 나랑 1회전에서 붙었고……. 이 정도로 쉽게 서브를 받아 내려면……'

오늘은 남자 단식 결승.

폭염으로 며칠 연기돼서 2주 조금 넘게 진행된 호주 오픈의 마지막 날이다.

이 2주 동안 애거시는 영석의 서브와 비슷한 구속을 받아본 적이 없다.

그럼에도 이렇게 빠른 시간 내에 서브에 익숙해지려면, 그의 커리어 자체를 살펴봐야 했다.

'……'

이유를 찾는 영석의 머리가 재빠르게 회전한다.

'한두 번 갖고는 어림도 없다. 적어도 기십 번은 강 서버와 시합을 했어야 해……'

선수들의 이름 하나하나를 되짚어본다.

'지금 로딕 빼면 20대엔 없어. 최소한 애거시와 동시대의 사람… 아, 아……!!!'

영석의 뇌리에 한 장면이 스쳐 지나간다.

US 오픈 주니어 부문에서 이재림과의 결승을 마치고 진희와 함께 관람했던 한 시합.

사핀이라는 걸출한 신인이 메이저 우승컵을 들어 올리게 된 결승전.

그 결승전에서 사핀과 시합을 했던 선수의 이름이 떠올랐다.

"샘프라스!!!"

*　　　*　　　*

애거시의 평생을 논할 때, 그의 벗이자 라이벌인 피트 샘프라스를 빠뜨릴 수는 없을 것이다.

피트 샘프라스(Pete Sampras).

짐 쿠리어, 애거시와 함께 미국에 테니스 황금기를 선사한 전설적인 선수다.

그는 1990년 19세 1개월의 나이로 US 오픈에서 우승하며 올리버 캠벨(미국)의 최연소 우승 기록(19세 6개월)을 100년 만에 깨뜨려 주목을 받았다. 이처럼 10대에 메이저 대회에 우승하는 것은 실력과 운, 그 둘을 모두 필요로 한다.

여담이지만, 2003년 호주 오픈 남자 단식 결승전이 펼쳐지고 있는 현재, 1985년 2월생인 영석의 나이는 만 18세이다.

—기록은… 노릴 수 있으면 노리는 게 좋지.

최영대가 늘 영석을 앞두고 했던 말 중 하나이다.

다시 샘프라스 얘기를 하자면, 샘프라스는 프로 데뷔 이후 64개 투어 타이틀을 보유했으며 그중 그랜드슬램 대회의 타이틀은 총 14개(호주 오픈 2회, 윔블던 7회, US 오픈 5회)를 보유하고 있다. 이는 로저 페더러가 깨기 전에는 아무도 넘볼 수 없는 영역의 기록이었다.

샘프러스는 '피스톨 피트'라 불릴 정도의 서브를 보였는데, 시속 200㎞를 거뜬히 넘는 총알 서브가 주 무기였다. 또한 네트 플레이에도 능하고 톱스핀 스트로크와 날카로운 패싱샷이 위력적이다.

'그런 남자와 라이벌인 것은… 행운이지.'

샘프라스의 정보를 잠시 떠올린 영석은 나지막이 중얼거렸다.

라이벌.

라이벌로 인해 때로는 자신의 경기 스타일까지 바뀌는 게 프로의 세계다.

나열하자면 끝이 없지만, 샘프라스의 가장 두드러진 특징은 단 두 가지다.

서브와 발리.

둘 다 당대 최고를 논할 수 있을 만한 능력을 보유하고 있다.

'샘프라스의 서브와 나의 서브…….'

영석은 비교할 수 없다는 듯, 고개를 휘휘 저었다.

'속도는 내가 빨라도, 아직은 그 노련함까지 넘어설 순 없지. 내 세컨드 서브는 감히 꺼내 들 수도 없고.'

수십 개의 대회에서 그런 남자의 서브를 선수 생활 내내 받아온 이가 애거시다.

상대 전적은 애거시가 미세하게 밀린다.

그렇다면 애거시가 도출할 답은 무엇일까?

리턴(Return).

받아치고 또 받아친다.

강한 서브는 강하게 받아친다. 더욱 빠르고 강하게.

발리를 나오다가 멍하니 당할 수밖에 없는 패싱샷 또한 팔이 터질 때까지 연마한다.

상대방이 포인트를 끝내려 작정하고 친 공을 쫓아가서 다시 되돌려준다. 빠르게 뛰고, 강하게 친다.

그것이 애거시의 테니스일 것이다.

아직 1세트 세 번째 게임일 뿐이지만, 영석은 그런 직감을 느꼈다.

마침, 강춘수가 정리했던 파일의 정보가 머릿속으로 쏟아진다.

* * *

"애거시는 닉 볼리티에리 테니스 아카데미(NBTA) 출신입니다."

라는 말과 함께 시작된 강춘수의 브리핑은 화려했다.

"이 아카데미 출신 중에 세계 정상급 선수가 얼마나 많은지는… 자료를 통해 확인해 주세요. 이렇게 잘나가는 아카데미의 코치, '닉 볼리티에리'는 아마추어 출신의 코치입니다. 프로 전적은 아예 없습니다. 그럼에도 이렇게 크나큰 성공을 거두자, 일각에선 시샘 어린 비판이 일었습니다."

촤락—

다음 장을 펼치자 그 내용이 적혀 있었다.

"'NBTA 선수들은 네트 앞에서의 직관적이고 날카로운 플레이보다는, 베이스라인에서의 묵직한 그라운드 스트로크에 의존하는 일차원적인(one—dimensional) 선수들이다'라는 비판이 바로 그것인데, 실제로 이 아카데미 출신의 안드레 애거시와 짐 쿠리어는 네트 앞보단, 베이스라인 언저리에서의 플레이에 치중하는 편입니다."

가만히 자료를 읽던 영석이 속으로 중얼거렸다.

'그게 정상이지. 닉 코치가 미래를 잘 읽은 거야.'

강춘수는 역시나 침착한 어조로 말을 이었다.

"애거시의 경우에는 특히 리턴에도 탁월한 재능을 갖췄었는데요, 닉 볼리티에리의 코칭 덕분에 재능을 잘 꽃피워서 스피드까지 갖춘, 공격적인 리턴을 완성했습니다. 누가 됐든, 상대를 압도하며 메이저 타이틀 획득에 성공했죠. 그래서 이러한 비판은 설득력이 없어졌습니다. 애거시는 닉 볼리티에리 테니스 아카데미의 상징 같은 플레이 스타일을 장착한 것입니다. 또한……"

강춘수의 설명을 귀로 들으며 영석은 자료를 내려다보았다.

—닉 볼리티에리는 안드레 애거시를 가르칠 때 그의 탁월한 재능, 즉 그가 여태까지 가르쳤던 그 어떤 선수보다 더 빠르고, 정확하게 상대의 샷(shot)에 대응하는 눈과 손의 조화(Hand—Eye Coordination)가 매우 뛰어나다는 것을 발견했다. 동체 시력과 스윙의 속도가 탁월했던 것. 닉은 애거시에게 베이스라인에서 1~2야드 정도 더 안쪽으로 들어가서 리턴하도록 주문했다. 그냥 받아치기도 힘든 공을, 애거시의 능력을 믿고 연습시킨 것이다.

'흠……'

라이징과는 다르지만, 비슷한 원리가 적용된 스타일이다.

자료의 마지막은 이렇게 끝났다.

―지속적인 연습으로 애거시는 남자 경기에서 가장 위협적인 리턴을 하는 선수가 되었다. 애거시처럼 리턴하는 선수에게는 그 어떤 코치도 네트로 돌진하라고 가르칠 수 없는 것이다.

그야말로 서브&발리 스타일과 대척점에 서 있는 선수가 애거시다.

그래서 더욱더 샘프라스와의 대결이 치열했던 것이다.

*　　　*　　　*

'내 서브는… 통하지 않을까?'

퉁, 퉁, 퉁, 퉁, 퉁…….

애드 코트에 선 영석이 공을 튕기며 꼬리에 꼬리를 무는 상념을 잠시 일시 정지 했다.

상념은 자유지만, 시간은 제한이 있다.

휙―

정신적으로 조금의 충격을 받았건만, 토스된 공의 궤적은 소름이 돋을 정도로 일정했다.

프로라면 당연한 얘기지만, 100번 1,000번을 던지게 시켜도 99%의 확률로 같은 궤적을 그릴 만큼, 영석은 숙달되어 있었다.

휘리리릭!!

발이 뜨는 높이, 라켓이 등 뒤로 떨어졌다가 다시금 머리 위로 올라오는 위치… 이 모든 것들은 한 치의 변수도 용납하지 않았다.

'완벽하게 받아낼 때까지, 난 널 시험할 거다.'

영석이 차갑게 눈을 빛낸 순간,

쾅!!!

공은 크게 일그러지며 거칠게 쏘아졌다.

'자, 보여줘.'

탁—

몸을 땅에 내려놓은 영석이 어깨를 숙여 몸을 낮추고 유려하고 화려하게 네트로 쏘아져 나간다.

다다다닥!!

거구가 이처럼 빠를 수 있다는 것.

그 하나만으로 영석의 몸놀림은 크나큰 감탄을 이끌어낸다.

하지만…….

탕!!

비호와 같은 움직임도, 날 선 집중력도 일거에 끊어버리겠다는 듯 애거시의 리턴이 작렬한다.

이번 결승전 최초의 '완벽한' 리턴.

녹색 빛줄기가 애거시의 라켓에서부터 잔영을 남기고 뻗어온다.

애드 코트에서 코트 중앙으로 달려오던 영석의 오른쪽을 노리고 친 리턴은 졸지에 패싱샷이 되어버릴 수도 있었다.

"크……."

자신의 직감이 맞아서일까.

영석은 크게 몸을 떨고 게처럼 직선 운동을 좌우 운동으로 뒤바꾸었다.

2m 가까이 되는 팔의 리치, 그보다 더 긴 다리가 요사스러울 정도로 쉽게 공과의 거리를 잡아먹는다.

퉁!

마침내 옆으로 빠져나가려는 공의 뒷머리를 잡아채는 것에 성공한 영석이 아슬아슬하게 발리로 네트를 다시 넘겼다.

쉬익—

그 어려운 순간에도 영석의 라켓을 떠난 공은 대각선을 그리며 애거시의 빈 공간을 찔렀다.

오픈 스페이스에는 오픈 스페이스.

애드 코트에서 리턴을 했던 애거시는 졸지에 듀스 코트까지 사력을 다해 뛰기 시작했다.

다다다다!!

'이럴 때는 십중팔구(十中八九) 거의 러닝 포핸드로 스트레이트지.'

톱 플레이들의 하이라이트 영상만 10TB(테라바이트) 정도는 봤던 영석이다.

이런 상황에서는 볼 것도 없다. 두 번째 패싱샷이 화려하게 터질 것이다.

찔끔찔끔.

자신의 왼쪽 영역을 의식한 영석이 시선을 애거시에게 집중한 채, 왼발의 새끼발가락에 의식을 집중했다.

'언제든… 튀어 나간다.'

긴장을 해서일까, 너무나 느리게 지나가는 1.5초 정도의 시간이 흘렀다.

마침내 공을 따라잡은 애거시의 가벼워 보이는 스윙이 허공을 갈랐다.

여전히 뛰는 기세 그대로를 살린, 절묘한 타이밍의 러닝 포핸드였다.

꽝!!

숨 쉬듯 자연스러운 러닝 포핸드.

시합 내내 이런 공이 날아든다면… 이라는 생각을 할 겨를조차 영석에겐 없었다.

"이런!!!"

끽!

영석은 왼쪽으로 쏘아지려는 몸을 급하게 정지시고는 오른쪽으로 몸을 옮겼다.

삐그덕—거리며 빠르게 오른쪽으로 옮기려는 영석의 의식과 그 속도를 못 맞추는 몸의 물리작용이 마찰을 일으켰다. 소위 말하는 '역동작'에 걸린 것이다.

'발리는 포기다.'

영석은 1초도 안 되는 시간 동안 멈칫했을 뿐이지만, 이미 포인트 획득에 가장 용이한 선택지 한 가지는 포기해야 하는 상황에 몰렸다.

발리를 할 수 있는 수단은 방금 전까지만 해도 총 두 가지였다. 한 가지는 라켓이 공보다 위에 있는 상태에서 내려찍을 수 있는 형태의 발리, 다른 한 가지는 공보다 아래에 라켓을 두고 일단 받아내기에 치중한 발리가 있다.

전자는 포기할 수밖에 없는 상황…….

'후자는 공격권을 또 넘겨주게 돼. 낙하지점을 찾자…….'

그 상황에서 크로스로 러닝 포핸드를 친 애거시의 강인한 손목 힘과 센스가 놀라울 따름이었다.

빠르게 결단한 영석이 자신의 주변을 가득하게 채운, 조급함으로 달아오른 공기를 느끼고는 찬물을 머리에 뒤집어쓴 느낌을 상상했다.

'침착!'

훅―!

"……?!"

절로 급해지려는 몸과 마음을 다독이자 오히려 집중력이 삐죽 솟아올랐다. 그리고… 신기한 감각이 느닷없이 다시금 찾아왔다.

정말이지, 너무나 느닷없어서 명치 부근에서 내려가려던 숨이 턱― 하고 막혀왔다.

슈우우우우우우우…….

네트를 넘어오려고 거칠게 몸을 뒤트는 공이 천천히, 잔상을 꼬리에 매달고 영석에게로 다가왔다.

'이건… 무슨 영문인지는 모르겠지만…….'

한번 겪어봐서일까.

부동심(不動心)은 깨지지 않았다.

영석은 눈동자를 가만히 우측으로 돌렸다.

당연하지만, 세상이 느린 상황에서 영석이 빠른 게 아니다. 같이 느려진 것이다.

의식만이 활발하게 움직였다.

스윽―

동공이 거북이처럼 천천히 움직인다.

'저기쯤이군…….'

예상 낙하지점을 찾았다.

지금 서 있는 위치에서 4시 방향으로 2.3m 정도 떨어진 곳이다.

공이 머금고 있는 회전과 뻗어져 온 속도를 종합해서 유추한 것이기 때문에 틀릴 수 없다. 아니, 틀려서는 안 된다.

'어떻게 저기까지 닿는담……. 평범한 스텝으론 공보다 느려.'

영석이 고민하는 그 순간에도 공은 천천히, 꾸준하게 넘어오고 있었다.

빠른 결단이 필요한 상황!

'어쩔 수 없군. 다치지나 않았으면…….'

가볍게 스스로를 격려한 영석이 정면을 보고 있는 상태에서 오른 다리를 쩍 벌려 5시 방향으로 옮겼다.

타— 타— 앗.

발이 바닥에 도달하기까지 꽤나 오랜 시간이 걸렸다.

공은 이미 네트를 넘어섰다.

'그다음!! 이게 중요해…….'

영석이 답지 않게 침을 꿀꺽 삼키고는 왼쪽 다리를 4시 방향으로 뻗었다.

망설임과 어울리지 않는, 빠른 움직임이었다.

얼마나 거칠게 힘을 줬는지, 짓쳐들어오고 있는 공과 비슷한 속도로 다리가 뻗어갔다.

그리고 라켓을 쥐고 있는 왼팔도 왼발과 같은 방향으로 뻗으려 했다.

휙—

영석의 몸이 굳게 땅을 딛고 있는 오른 다리를 지나치고…….

빙글—

몸이 시계 방향으로 조금 돌더니 네트를 등진 상태가 됐다.

쑥!

그리고 천천히 영석의 몸이 아래로 가라앉는다.

툭—

영석의 국부가 땅에 닿자 갑자기 모든 것이 정상적으로 돌아왔다.

느림의 세계가 끝난 것이다.

퉁—

공이 바닥에 튕기고,

칙—

튀어 오른 공이 바닥에 딱 붙어 세워져 있는 라켓의 면에 스치듯 충돌한다.

휙—

그리고 영석은 순식간에 하반신에 힘을 줘 몸을 세웠다.

허벅지 안쪽의 근육이 크게 부풀어 오르며 90kg에 육박하는 몸을 순식간에 들어 올린다.

툭, 툭, 툭…….

역회전을 먹은 공은 네트를 넘자마자 뚝 떨어져서 지면을 굴렀다.

"서티 러……"

우와아아아아아아아아아아!!!

관중들은 이 믿기지 않는 엄청난 플레이에 방방 뛰며 환호를 보냈다.

머리를 움켜쥐고, 옆 사람을 보며 입을 쩍 벌리고 소리를 쏟아내는 것에 온 정신을 집중한 듯했다.

우우웅! 우우우웅!!

귀가 멀어버리고 뇌가 곤죽이 될 것 같은 소리가 영석에게 희열을 준다.

영석은 주체할 수 없는 흥분에 고함을 질렀다.

"컴온!!!"

Chapter 49

Men's Singles Final Ⅱ

앞으로 몇 년은 'Super play'로 회자될 플레이를 선보인 영석은 한껏 달아오른 기세를 바탕으로 세 번째 게임도 손쉽게 가져가려는 상황이었다. 엄청난 플레이 직후, 꺼지지 않는 흥분 탓인지 더블폴트를 해서 '서티 피프틴'까지 갔지만, 그 후에 바로 에이스를 꽂아 넣으며 '포티 피프틴'으로 만든 것이다.

퉁, 퉁, 퉁, 퉁, 퉁…….

이번 서브만 들어간다면 1세트 2 : 1이 된다.

초반이지만, 너무나 팽팽하게 진행되고 있는 스코어는 관중들에게 끝없는 긴장감을 불어넣었다.

5세트 중 3세트를 가져가야 한다는 사실은 누구나 알고 있다. 그리고 한 세트가 끝나려면 아직도 멀었다는 사실 또한 누구나 알고 있다.

하지만 영석의 관계자들은 벌겋게 상기된 얼굴로 기도하는 얼굴이었다.

마치 챔피언십 포인트(Championship point : 우승을 결정짓는 포인트)를 앞둔 사람같이.

훅—

쉬릭! 콰앙!!!

타구음과 함께 '식' 소리를 내며 쏘아진 공은 센터로 찍혔다.

와이드를 예상했는지, 덜컥 몸을 잠시 멈춘 애거시는 아쉬움 없는 눈빛으로 공을 보냈다.

"후……."

세 번째 게임 마지막 서브를 에이스로 끝낸 영석이 습관적으로 어깨를 가볍게 돌리며 숨을 내뱉는다. 어디선가 한국어가 아련하게 귀에 꽂힌다.

"이영석 화이티이이이잉!!!"

아주 잠깐 관중들이 환호를 보낼 수 있는 시간, 한국어로 영석을 격려하는 소리가 구석구석에서 하늘을 찌를 듯 솟아오른다.

"……??"

볼키즈에게 받은 수건으로 땀을 닦던 영석이 응원이 들려오는 곳을 향해 눈을 돌렸다.

'엄마나 영애 이모는 아니고…….'

관중을 스캔하면서 가족들과 일행이 앉아 있는 곳을 흘깃 스쳐 봤다.

모두 맥 빠진 얼굴로 주저앉아 서로를 보며 헤실 웃었다. 창백하게 물든 안색이 안쓰러울 정도였다.

'저렇게 긴장했다간 나중에 쓰러지겠네…….'

피식 웃은 영석이 다시 고개를 돌려 관중석을 스캔했다.

"이영석~!!! 대~~ 한민국!!"

중년 남성이 거칠게 소리를 지른다.

소란스러운 관중들의 소음을 뚫고 영석에게까지 확연하게 들리는 소리.

"……."

그 옆에 작은 태극기를 펄럭이고 있는 가족이 목청껏 소리를 지른다.

결코 매너 있는 행동은 아니었지만, 기분이 나쁘진 않았다.

"…흠."

그 가족만이 아니었다.

여기저기서 작은 태극기를 펄럭이는 사람들은 꽤 있었다.

아니, 실제로는 100명도 안 될 것이다.

태극기가 눈에 띈 것이고, 서양인 사이에 섞여 있는 동양인이 눈에 띈 것이다.

'…….'

쿵.

이상한 감정이 마음에 어리숙하게 안착한다.

낯설고 거북살스럽지만, 한편으로는 조금의 따뜻함이 있다.

'내가 이런 거에 다 영향을 받았나…….'

—태극기를 보며 눈물짓는 사람들.

영석이 제일 혐오하는 사람들이었다.

전체주의와 국가주의는 듣고, 보고, 경험하게 되면 속이 더부

룩하다.

—내 위에 나라 없고, 내 아래에 나라 없다. 나와 나라는 별개다.

프로로서 영석이 품었던 가치관이었다.

금메달을 수도 없이 따면서 단 한 번도 한국인들의 관심이 기꺼웠던 적은 없었다.

그것이 당시의 영석이 품고 있던 절망감과 열등의식의 발로였다고 하더라도, 프로로서는 바람직하지 않은 것임에 틀림없다.

'그때는… 여유가 없었던 건가…….'

그런데 지금은 어떤가.

테니스에 대해서 아무것도 모르는 사람이 단지 같은 나라의 선수가 결승전을 치르고 있다는 소식에 말도 안 되는 거금을 들여 관전하러 왔다.

응원하는 꼴을 보면 규칙도 모를 것임이 틀림없다.

그런데 그 모습이 이상하게 영석에게 힘을 준다.

'재미는 있을까……?'

그냥 공 휙휙 지나가고, 심판이 스코어를 읊는다.

그들의 눈엔 그게 전부일 것이다.

툭!

전생과 현생을 오가는 영석의 상념은 서브를 준비하는 애거시의 동작으로 인해 싹둑— 끊겼다.

영석은 가벼운 자조(自嘲)의 빛을 보였다.

'그래. 벌써부터 다른 곳에 정신 팔지 말자. 벌써 우승한 것처럼……. 웃긴 녀석.'

하지만 말과는 달리, 몽클몽클한 감정이 아랫배 언저리에서 머물며 영석에게 힘을 주고 있었다. 영석은 그걸 여실히 느낄 수 있었다.

* * *

"흡!!"

쾅!!!

집중력이 한껏 치솟은 지금의 영석에게 애거시의 서브는 결코 치지 못할 공은 아니었다.

펑!!!

애거시가 플랫 서브로 작렬하는 퍼스트 서브의 시속은 210㎞/h 전후.

그 공을 되돌려주는 영석의 리턴도 150㎞/h 전후를 기록하고 있었다. 백핸드로 리턴할 때는 조금 더 빨랐다.

'리턴이라면… 나도 자신 있지.'

서브가 워낙 독보적이어서 그렇지, 영석은 리턴에도 일가견이 있었다.

아니, 오히려 2001년까지는 청소년이어서 다른 선수들에 비해 신체 능력이 달렸기 때문에, 리턴과 끈질긴 스트로크가 장점이었다. 서브는 약점이었고 말이다.

아카데미에서 로딕과의 사투에서도, 사핀과의 연습 시합과 처절한 2001년 호주 오픈 1라운드에서도… 영석의 시합은 어찌 보면 진희와 비슷한 타입의 플레이가 주를 이뤘었다.

쾅!!

3구째.

애거시의 스트로크는 타이밍이 빨랐다.

다른 선수들과는 리듬이 달랐다.

펑… 툭… 펑!

이게 평범한 리듬이라면,

펑… 툭, 펑!

이건 애거시와의 랠리에서 나타나는 리듬이었다.

묘하게 타이밍을 갉아먹는 탓에, 영석은 매번 반응할 수 있는 시간의 일부를 빼앗겼고, 결과적으로 랠리는 길어졌다.

'전환, 전환이 필요해.'

서브 게임이 아닌 경우, 수비적인 입장에서 시작하게 마련인데, 영석은 한 구 한 구 공을 처리할 때마다 공격으로 전환할 수 있는 기회를 엿보고 있었다.

'아직…….'

펑!!

수비에서 공격으로 전환하는 것은 그냥 하기도 어려운데, 애거시에게는 특히 불가능에 가까울 정도로 어려웠다.

어지간한 공격적인 스트로크는 빠르고 강렬한 리턴이 특기인 애거시에게 역으로 더 큰 공격의 빌미를 주게 되기 때문이다.

영석은 할 수 없이 얼마간은 랠리를 더 이끌어갈 생각으로 공에 집중했다.

*　　　*　　　*

펑, 펑!

펑!!

"……."

벌써 한 랠리에서 3분여가 소요됐다.

서로 한두 번 간을 보듯, 제법 날카로운 공을 뿌리기도 했지만, 서로의 역량이 그런 어수룩한 마인드로 보내는 공을 순순히 허락지 않았다.

"후우!!! 습!!"

숨을 길게 뱉고 짧게 들이마신 영석이 눈을 빛내기 시작했다.

'이대로는 안 돼. 간다.'

초조함을 못 참고 먼저 승부수를 띄우는 것.

대부분 이럴 경우, 먼저 시도하는 쪽이 지게 마련이다.

하지만 영석에겐 자신감이 있었다.

끽, 끼긱.

섬광처럼 타오르는 눈이 문제였을까.

주인의 의식을 반영하여 거칠게 부풀어 오른 영석의 근육들이 문제였을까.

스텝을 밟는 영석의 주위에서 미묘하게 변한 공기를, 애거시는 눈치채고 말았다.

—어프로치, 발리.

두 선수의 머릿속을 동시에 스치고 지나간 전략.

영석이 강하게 공을 구석으로 때리고 네트로 달려가 오는 공을 발리로 끝내는 것.

영석과 애거시가 동시에 그린 그림이다.

끽!!

영석이 공을 지척에 두고 팔을 크게 뒤로 젖힌 상태… 까진 말이다.

찌릿!!

영석의 뇌리에 강렬한 예감이 깃든다. '애거시라면 지금 이 순간을 기다리고 있었을 것이다'라는, 한없이 진실에 가까운 예측 말이다.

이마 한가운데에서 정전기가 오르듯, 짜릿짜릿하다.

'취소. 그럼…….'

찰나에 복합적인 생각을 정리한 영석이 설레는 마음으로 팔을 휘두른다.

자신의 변덕이 내심 유쾌한 것인지, 어쩐지 마음속에서 끓어오르는 웃음을 참을 수 없었다.

아무래도 오늘의 자신은 정상이 아닌 것 같다는 생각은 한구석에 정중히 몰아넣었다.

훅—

치이— 퉁!

거칠게 부푼 이두와 삼두, 광배근이 무색하게 영석의 선택은 드롭이었다.

아시안게임에서 스리차판을 무력하게 만들었던 그 샷.

공이 라켓에 가벼운 키스를 하고는 아름다운 궤적을 그리며 둥실둥실 떠다닌다.

칵—

자신의 오픈 스페이스로 달려가려던 애거시는 라켓을 땅에 짚고는 그 공을 바라봤다.

퉁, 퉁…….

화아아아――

관중들의 감탄과 박수가 요란하지 않게 영석에게 쏟아진다.

솜털이 비죽 설 정도의 소름이 벅차오름을 억눌렀다.

"게임 영석."

드디어 1세트 첫 번째 브레이크에 성공한 영석은 스코어가 적힌 전광판을 바라봤다.

3 : 1.

'…….'

기쁠 법도 한데 영석은 어딘지 아쉬운 눈빛이다.

그 시선의 끝은 다시 공에 닿아 있었다.

'조금이라도 예상했다면, 경우의 수 중 하나로만 인식했더라면… 애거시는 받아낼 수 있었어. 아직… 진희 수준엔 못 미쳐…….'

좌우로 폭발적인 그라운드 스트로크를 구사할 수 있는 자신에겐, 더욱 더 세밀한 드롭샷이 필요했다. 경우의 수로 인식하고 있어도 받지 못할… 그런 샷 말이다.

세계 무대에서 통할 수 있는 무기… 그것이 아직도 자신에겐 부족했다.

휘, 휘―

허공에 라켓을 살짝살짝 휘두른다.

일말의 아쉬움 때문이다.

기쁨을 뒤로 흘려보내며 영석은 그렇게 끊임없이 자신을 격려했다.

*　　*　　*

"휴."

벤치에 앉은 영석이 신발 끈을 다 풀고 다시 천천히 묶기 시작했다.

여전히 코트는, 어두운 대기를 일절 허용치 않는 쨍쨍한 라이트 덕에 대낮처럼 밝았다.

관중들은 선수들이 쉬면서 생긴 조금의 쉬는 시간에 옆 사람들과 수다를 떨고, 물을 마시거나 과일 등을 먹으면서 체력을 보충했다.

…관전하는 것에도 체력이 필요한 것이다.

"……."

관중석 한구석.

영석의 일행이 모두 모여 있는 곳에서 이재림이 하늘을 보며 괜히 눈가를 스윽 훔친다.

방울진 액체가 손등에 한가득이다.

"…녀석."

최영태가 이재림의 머리를 거칠게 헝클어뜨린다.

"멋있어요. 너무 멋있어서… 샘나지도 않아요."

이재림은 뒷말을 차마 내뱉지는 못했다. '샘나기는커녕, 존경할 것 같아요'라는 말을 말이다.

그 심정이 이해가 됐을까.

조금 떨어져 앉아 있던 진희가 다가와서 이재림의 어깨를 두드려 줬다.

1세트가 끝이 났다.

스코어 6 : 3.

단 한 번의 브레이크가 만들어낸 스코어다.

2 : 1로 앞서고 있을 때 성공한 브레이크가 이토록 거대한 차이를 만들었다.

그 후론, 영석과 애거시 모두 자신의 서브 게임을 킵하는 것에 성공했기 때문이다.

자신의 서브 게임을 지키고, 상대방의 서브 게임을 빼앗는다.

이 당연한 승리의 공식에는 '서브'가 지대한 공헌을 한다.

'……'

하지만 영석은 기쁨 대신 긴장감을 머금고 있었다.

목이 마르다고 벌컥벌컥 물을 마시기보다, 혀 밑에 찰랑거리는 단 한 모금의 물을 오래토록 유지하는 것이다.

'이렇게 끝날 리가 없다.'

서브라는 건, 시간이 지날수록 효용이 줄어든다.

물론, 영석은 일정한 퀄리티의 서브를 몇백 개나 뿌릴 수 있는 체력이 있다.

강건한 신체도 있다.

하지만 그것들이 애거시의 익숙함마저 억제할 순 없다.

'어쩐지 분석당한 것 같다……'

영석은 오한이 드는 것을 느꼈다.

애거시의 눈은, 1세트 내내 큰 감정의 변화가 없었다.

아주 조금의 놀람, 미세한 짜증이 전부였다.

'사람의 육체가 저렇게 움직일 수 있다니'라는 감탄을 이끌어 낼 만한, 톱 플레이어 특유의 기적 같은 플레이도 없었다.

영석이 광대처럼 몇 번 선보였을 뿐이다.

'익숙해.'

당하는 건 익숙하지 않지만, 이 분위기 자체는 익숙했다.

결승전은 어차피 5세트 경기.

3세트'나' 따야 시합은 끝났다.

판을 짤 수 있는 여지는 많다.

하나의 포인트에 수십 가지의 설계가 작용한다.

'정보의 비대칭도 있네.'

―나는 너를 잘 안다.

―너는 나를 잘 모르지.

1세트의 승리는, 경기의 승리를 담보하지 못한다.

영석에겐 그 당연한 것이 새삼 새롭게 느껴졌다.

"후."

어쩐지 한숨을 내뱉고 있는 애거시의 눈이 섬뜩하게 느껴졌다.

그의 몸을 감싸고 있는 열기는, 조금도 퇴색되지 않았다.

"……."

애거시.

그는 관찰하고 또 관찰했다.

…그 옛날, 영석이 상대 선수에게 그러했듯이.

*　　　　*　　　　*

이기고 있어도 쫓기고 있다는 기분을 느낀다는 것.

이 단순하면서도 복잡한 감정의 기저엔 기분 나쁜 전제가 깔려 있다.

—내 실력이 상대보다 우위인지 아닌지, 확신할 수 없다.

이기고 있어도 자신을 믿기보다 상황을 의심하게 된다.

스스로에게 많은 격려를 해야 함에도, 자신의 실력을 믿지 못하고 '뭔가 있다'고 믿어버리는 것이다.

…최종적으로는, 역전을 당하는 그림을 그리기까지 한다.

'……'

영석은 지금 기로에 서 있었다.

이번 생 최고… 아니, 인생을 통틀어서 최고의 무대에 선 지금, 1세트를 비교적 쉽게 딴 상황.

분류되는 종목은 다르지만, 이런 영광스러운 무대에 자주 올랐던 전생에서의 경험이 멘탈을 더더욱 관리하기 힘들게 하는 면도 있다.

'알면 알수록 본인의 생각을 본인이 잡아먹지.'

뱀이 자신의 꼬리를 잡아먹는 기분이 이러할까.

스멀스멀 안 좋은 기운이 깔리는 것 같은 기분이 들었다.

영석의 안색이 조금 희게 뜨고, 영석의 의지를 타고 흐르는 공기가 코트에까지 미치려는 그 순간…….

짝—

영석은 자신의 다리를 세차게 때렸다.

얼얼하고 싸—한 따가움이 근육에서 피부로 움직이는 것 같은 기분이 든다.

금세 벌겋게 부풀어 오른다.

"……."

웅성거리는 소음에 묻힐 법도 하지만, 모두의 관심을 한 몸에 받고 있는 상황이어서 그런지, 영석의 행동은 제법 눈에 띄었다.

—장고(長考) 끝에 악수 둔다.

'이기고 있으면… 내가 뛰어난 것. 그 이상도, 그 이하도 아니야. 난 잘하고 있다.'

영석은 차분하게 음료를 마시고 수건을 꺼내 셔츠 안으로 집어넣어 땀을 닦아냈다.

금세 축축하게 젖어서 피부의 모공까지 막아버릴 것 같은 답답함을 선사하겠지만, 그래도 순간적으로 뽀송뽀송한 기분은 들었다.

라켓 스트링의 장력을 체크해 보기도 한다.

부스럭—

가방 안에서 비닐에 싸인 라켓 세 자루가 얌전히 영석의 손길을 기다리고 있었다.

지이익—

다른 주머니를 열어, 새 신발 한 켤레도 괜히 만져본다.

스윽—

가방의 앞주머니에서 오버 그립(Over grip : 라켓의 손잡이에 감는 것. 미끄럼 방지에 도움이 된다)을 꺼내 1세트 동안 수고한 라켓의 손잡이에 감기 시작했다. 물론, 기존의 오버 그립은 떼어낸 상태다.
드르륵—
마치 핸드폰이 진동을 울리듯, 손에서 시작된 떨림이 온몸을 떨어 울린다.
지고 있을 때의 절박함도, 지금의 초조함을 앞서진 못할 것이다.
뽀득, 뽀드득!
그럴수록 영석은 눈빛을 차분하게 가라앉히고 감고 있는 오버 그립을 뚫어져라 쳐다봤다.
스윽—
이윽고, 오버 그립을 다 감자, 영석은 깊게 숨을 내뱉고 눈을 감았다.
떨리던 손길이 잠잠해졌다.
극단적으로 느껴질 정도의 자기 통제(統制).
그것이 가능한 것은, 영석의 삶이 길었기 때문일 것이다.
'…끝.'
영석은 생각의 잔가지들을 단호하게 잘라냈다.
—세트스코어 1 : 0.
오로지 그것만 보기로 했다.

* * *

팡!!!
2세트 첫 번째 게임.
애거시의 서브가 구석을 노리고 찌르며 짓쳐 든다.

'어림없지.'

이미 애거시가 서브를 한 순간 그의 동작을 머리에 새겨놓은 영석은 오로지 공에 집중했다.

살얼음이 낀 듯, 냉막한 표정이 으슬으슬한 집중력을 느끼게끔 한다. 일체의 눈 깜빡임조차 없는 영석은, 공에 혼신의 힘을 쏟았다.

쾅!!!

쉭!! 쿵!!

팔로스윙(공을 치고 나서도 이어지는 스윙)이 끝나기도 전에 공은 넘어가 있고, 애거시는 뛰고 있었다. 물론, 영석의 발도 쉼 없이 움직이고 있었다.

상대의 목줄을 언제든 물어뜯을 수 있는 무기를 몸에 간직한 채, 두 선수는 다시금 기나긴 전쟁을 시작했다.

2세트 게임 스코어 4 : 4.

서로의 게임을 치열하게 킵하다가, 한 번씩 브레이크를 주고받아서 경기는 팽팽하게 진행되고 있었다.

"……."

아홉 번째 게임에 접어들게 되었고, 애거시는 다시금 서브를 준비하기 위해 볼키즈에게 공을 받아 신중하게 공을 고르고 있었다.

여전히 알 수 없는… 침착한 표정, 적당히 상기된 피부, 침착한 숨결까지…….

애거시는 1세트 때와 다름없는 모습을 보여줬다.

'흠.'

까닥—

영석이 빈손으로 자신의 얼굴을 쓰다듬는 시늉을 하자 볼키즈가 쪼르르 달려와 수건을 건넸다.

"고마워."

"별말씀을."

가볍게 말을 나눈 영석이 모자를 벗고는 수건으로 거칠게 머리칼을 털었다.

이마, 관자놀이를 가리지 않고 머리칼이 찰싹찰싹 잘도 달라붙는다.

슥—

자신의 얼굴만 한 손을 들어 거칠게 얼굴도 문지른 영석이 머리칼을 가지런히 정리하고 모자를 다시 썼다.

"……."

볼키즈가 옆에서 수건을 받아 들며 영석을 올려다보았다.

깜찍한 백인 소년은, 선망 반, 부러움 반의 눈빛으로 영석을 바라보았다.

'나랑 나이도 별로 차이 안 나는데…….'

영석은 볼키즈의 눈빛에 어깨를 으쓱하더니 어깨를 툭툭 쳐주며 말했다.

"오늘 시합 계속해서 잘 부탁해."

"네, 네!"

다다닥!

볼키즈는 황급히 걸음을 옮겨 벽 쪽으로 달려갔다.

'재도 선수가 되겠지…….'

볼키즈 경험이 있는 톱 플레이어들은 제법 많다.

어린 나이에 세계 최고의 무대를 바로 옆에서 지켜볼 수 있는 것은 굉장한 경험이 되기 때문에, 많은 유소년 선수들이 볼키즈에 지원하기도 한다.

통…….

그렇게 영석이 볼키즈와 가볍게 대화를 나눈 사이, 애거시는 공을 다 골랐는지 코트에 가볍게 튕겼다.

애거시를 계속해서 의식하고 있는 영석의 귓가에 그 소리는 천둥처럼 들렸다.

"좋아."

집중력의 가닥들이 너울너울 솟아오르기 시작한다.

게임 스코어 4 : 4.

'승부처다.'

*　　　*　　　*

펑!!

다시 터지는 애거시의 서브.

이번 호주 오픈 최고의 서버로 등극한 영석을 상대로, 이 노련한 톱 플레이어는 퍼스트 서브 성공률 80%에 육박하는 엄청난 집중력으로 서브를 꽂아댔다.

'이게 편해, 난.'

공 하나를 치기 위해 필요한 온갖 절차를 무시한 영석이 자신의 손아귀에 잡혀 있는 라켓을 있는 힘껏 휘둘렀다.

강하게 짓쳐들어오는 공에는, 이처럼 심플한 과정만 행하면 된다.

물론, 정확한 임팩트 순간을 캐치하기 위한 동체 시력과 센스가 있어야 하지만 말이다.

꽝!!!

영석의 라켓을 떠난 공이 빠르게 스트레이트로 구석을 찌른다.

일체의 낭비도, 모자람도 없는 스핀과 구속을 보유한 공이 쭉쭉 뻗어간다.

다다다닥!!

그러나 애거시는 호락호락하지 않았다.

빠른 발과 무섭도록 침착한 심계는, 이처럼 어려운 상황에서도 빛을 발했다.

쾅!!!

크로스로 친 공이 예각으로 날카롭게 꽂혀든다.

그 상황에서, 이처럼 강한 공을 예각으로 꽂아 넣는 기술과 신체 능력은 혀를 내두를 수밖에 없는 달인의 경지였다.

'과연……!!'

영석은 이미 예상이라도 한 듯, 침착하게 몸을 날려 공을 쫓는다.

서로가 서로의 몸을 혹사시키는 랠리는 계속해서 이어졌다.

*　　*　　*

서로가 첨예하게 스코어를 쌓다 보니 어느덧 스코어는 5 : 5가 되었다.

승부처라고 생각한 아홉 번째 게임에서 영석은 네 번째 듀스까지 끌고 가며 달아나려는 애거시의 숨통을 끊기 위해 할 수 있는 노력을 다 했지만, 결국 애거시는 끝끝내 자신의 서브 게임을 지켰다.

그리고 열 번째 게임에서 영석은 세 개의 서브 에이스를 꽂고, 산뜻한 발리 한 포인트로 본인의 서브 게임을 지키며 여유 있는 모습을 보였다.

5 : 5.

이제 게임 듀스가 적용되어 스코어가 두 게임 차이가 날 때까지 2세트는 계속 진행되게 되었다.

'아직도… 브레이크가 쉽지 않구나.'

순수하게 랠리를 이어갈 때, 애거시가 영석에게 포인트를 딸 확률은 약 60%.

절반이 넘는 확률이다. 열 번 중 여섯 번은 포인트를 따게 되니, 애거시의 서브 게임을 좀처럼 잡을 수 없는 것이다.

〈80 : 03〉

전광판은 시합이 벌써 1시간이 훌쩍 넘었음을 나타내고 있었다.

어떻게든 브레이크를 하려는 영석과, 어떻게든 브레이크만큼은 허용하지 않으려는 애거시의 접전이 이토록 시간을 많이 잡아먹게 되었다.

'심박수 체크…….'

가만히 자신의 손목과 경동맥을 짚어 심박수를 체크한 영석이 전신의 근육들까지 체크했다.

'다리는 괜찮아. 팔도 괜찮고, 어깨도 괜찮아. 아직 컨디션은 잘 유지되고 있어.'

자신을 체크한 후, 상대를 체크하는 습관.

영석은 애거시를 뚫어져라 쳐다봤다.

5 : 5 게임 듀스에 접어들면서도 침착한 표정은 흐트러짐이 없었다.

샷 하나하나가 1세트와 같은 질을 유지하고 있었다.

'선수라면 당연하지만…….'

테니스 선수라면 3, 4시간 정도 뛰는 건 예삿일이다.

30대 중반이라고 해서 겨우 2세트에서 무너질 체력은 아닐 것이다.

애거시가 대단한 것은 멘탈 관리였다.

일방적으로 쫓아다녀야 하는 구도에서도 끈질기게 지켜야 할 것은 지키는, 그 담대함과 인내심이 특출한 것이다.

심지어 브레이크를 당하면, 브레이크로 되갚는 괴력도 발휘한다.

필요할 때는 본인의 능력을 초월하는 경기 또한 할 수 있다는 방증이다.

'그래도… 오늘의 나는…….'

퉁…….

다시금 시작된 서브.

영석은 꽉 잡은 라켓으로 긴장되는 이 순간을 이겨냈다.

2세트 시작하면서 다시 감았던 오버 그립의 촉감이 썩 좋게 느껴졌다.

쾅!!

쾅!!

베이스라인에 다리를 박고 사정없이 공을 후드려 까는 두 선수의 기세가 폭발적이다.

포인트마다 소요되는 시간이 제법 길었지만, 어느 누구도 지루하다고 생각하지 못했다.

방어를 위한 스트로크가 아닌, 초공격형 스트로크가 섬뜩하게 이어지고 있기 때문이다.

'전략을… 조금 바꿔야겠다.'

아직 게임 스코어는 5 : 5.

애거시가 열한 번째 게임의 세 번째 서브를 준비하고 있었다.

쾅!!!

잠시의 틈도 허용하지 않겠다는 듯, 애거시의 서브가 작렬한다.

매 서브마다 미세하게 타이밍을 다르게 조절하면서 영석의 틈을 벌리려 하는 애거시의 심계가 대단했다.

펑!!

하지만 영석은 무덤덤한 얼굴로 평소와 같은 리턴을 보이려고 애썼다.

그리고…….

영석은 엄청난 속도로 네트를 향해 달렸다.

"……!!!"

애거시의 눈빛이 스산하게 물든다.

'승부를 내자고.'

영석도 마주 눈빛을 빛내며 달리는 와중에도 언제든, 어디로든 튀어 나갈 수 있게끔 온 신경을 하체에 뻗었다.

단숨에 승부를 내려는 영석의 발리.

달려오는 상대에게 섬뜩한 카운터펀치를 구상하고 있는 애거시의 패싱.

비교 우위를 따진, 서로의 장점과 장점이 이 순간, 가장 화려하게 맞붙을 이 순간을, 관중들은 숨 쉬는 것조차 잊은 채 집중해서 보고 있었다.

끽!

애거시의 몸이 미동을 하기 시작한다.

어깨를 움찔 떨고, 화려한 스텝을 밟으며 공을 향해 뛰기 시작한 것이다.

'……'

그리고 영석은 그 움직임을 모조리 뇌리에 욱여넣으며 1세트, 2세트 동안 있었던 애거시의 움직임과 순간적으로 비교하기 시작한다.

가히 컴퓨터와 같은 연산 능력이 인간의 뇌에서 발현되는 것이다.

치이이이이—

귀가 뜨거워지며 뇌가 타들어가는 듯한 집중력이 영석을 괴롭게 했다.

'큭.'

인상을 찡그리면서도 애거시의 몸짓 하나하나를 주의 깊게 살핀다.

그리고 애거시가 공에 근접한 순간, 영석은 복잡한 비교 분석을 통해 결론을 내렸다.

'로브.'

끽.

공을 치기 위해 애거시가 다리를 멈추고 팔을 휘두른다.

언뜻 보기에 강한 패싱샷을 준비하는 것 같다.

끽.

하지만 영석은 대범하게 서비스라인과 네트 정가운데서 몸을 멈췄다.

"……!!"

애거시의 눈가가 가늘게 경련한다.

팔은 이미 중간까지 돌아가 있는 상태.

물론, 지금이라도 세차게 팔을 휘둘러 강한 공을 때릴 순 있지만, '처음부터 마음먹었던' 공이 아니라면, 영석을 난처하게 할 수 없었다. 아니, 통할 리가 없었다.

'쯧.'

애거시는 애초에 생각했던 로브를 하지 않을 수 없었다.

하지만 눈초리는 여전히 날카로웠다.

파앙!!

이윽고, 애거시의 로브가 펼쳐졌다.

'……'

애거시가 쏘아 올린 공을 지켜보는 영석의 표정이 미묘하다.

'…상당히 높은데? 나가는 거 아냐?'

라는 생각도 잠시, 더운 숨을 내뱉고 있던 영석의 몸뚱이가 반사적으로 자신의 베이스라인을 향해 뛰어갔다.

타닷!

'……'

힐끗 등 뒤를 돌아보자 애거시가 네트 앞까지 달려오고 있었다.

―발리를 치러 나온 상대에게 로브를 치고, 상대가 공을 좇아가는 사이 본인이 네트로 나와 발리를 준비한다.

전형적인 패턴 중 한 가지이다.

그리고 영석은 이런 패턴을 줄기차게 겪었다.

까드득―

이를 악무는 거친 소리가 코트 전체를 긴장에 몰아넣었다.

*　　　*　　　*

훅― 훅…….

일정하다고 하기엔, 내뱉는 숨결은 단 두 번만 허공을 가로지를 뿐이었다.

그 짧은 순간, 영석의 뇌리로 몇 가지 대응 방법이 떠오른다.

'…공격으로의 전환을 위한 유의미한 방법은 네 가지.'

―가랑이 샷으로 패싱을 노린다.

'괜찮지. 나쁘지 않아. 애거시가 방향을 예측할 수 없다는 점

에서 경쟁력이 높군.'

—가랑이 샷으로 로브를 쳐서 애거시를 뒤로 물리고 내가 발리를 치러 나간다.

'허를 찌르긴 하겠지만, 로브가 제대로 먹힐지는 장담할 수 없지. 그냥 스매시를 치기 좋은 어설픈 로브가 될 확률이 높아.'

—쫓아가서 몸을 비틀고 스트로크로 패싱.

'좋은 방법. 그러나 건네주는 정보가 많아. 방향을 읽힐 가능성이 가랑이 샷보다 높다.'

—스매시…….

'이게 제일 좋겠군.'

타다다닷!!

침착하게 구상을 마치고, 위험한 미소를 입에 매단 영석이 이미 엄청난 속도로 쏘아지고 있는 몸에 조금의 무리를 가했다.

'더 빨리!!'

빠득! 뿌드득!!

허벅지의 근육이 조각처럼 갈라지며 측정하기 힘든 미증유(未曾有)의 힘을 뿜어냈다.

그 와중에도 공중에 떠 있는 공을 한번 흘깃 쳐다본다.

'낙하지점은… 저쯤이군.'

끽!!!

그야말로 신속(神速).

단숨에 베이스라인에 도착한 영석이 몸을 완전히 멈췄다. 그리고 네트를 등진 상태에서 그대로 몸을 공중에 띄웠다. 몸은 바로 수직으로 솟구쳤다.

그리고… 영석은 전대미문(前代未聞)의 괴이한 샷을 시도했다.

휘리리릭!!

허공에서 자신의 왼발을 오른발로 툭 차 몸을 회전시킨다. 180도 회전한 몸이 단숨에 애거시를 정면으로 바라보게 됐다.

"……."

애거시는 그 괴이한 몸놀림에 혼이 나간 듯, 소의 눈처럼 커다란 눈을 한껏 부릅뜨고 있었다.

씨익—

한차례 입꼬리를 올려 시니컬하게 미소 지은 영석이 떨어지고 있는 공을 향해 등에서 칼을 뽑아 내려치듯, 벼락처럼 라켓을 휘둘렀다.

몸의 회전, 어깨의 회전, 손목의 회전…….

삼위일체(三位一體)를 이룬 회전력이 라켓에서 폭죽 터지듯 폭발했다.

콰앙!!!

이미 공은 네트에 근접해 있는 애거시의 한참 뒤에 떨어졌고, 영석도 공중에서 내려와 코트에 착지했다.

쿵—

공이 찍히는 소리와, 거구가 착지하는 소리가 동시에 울려 애거시의 심장을 철렁하게 한다.

"……."

"……."

상대인 애거시, 관중, 그리고 심판까지…….

모두 어안이 벙벙한 상태로 숨을 멈췄다.

영석만이 유유히 몸을 일으켜 허리를 돌리고, 어깨를 돌리며 자신의 몸을 체크할 뿐이었다.

"어, 어드밴티지 리시버!"

심판이 덜덜 떨리는 목소리로 스코어를 외쳤고, 관중들은 자신들이 낼 수 있는 최고의 소리를 온몸으로 뿜어냈다.

*　　　　*　　　　*

꿀꺽—

이온 음료를 마시는 영석의 목젖이 크게 꿀렁인다.

"캬아……."

청량한 액체가 몸에 스며드는 걸 느낀 영석이 벤치에 몸을 뒤로 뉘었다.

게임 스코어 7 : 5.

곡예 같은 플레이를 펼친 영석은 기세를 살려 기어코 애거시의 서브 게임을 브레이크했다.

그리고 이어진 영석의 서브 게임.

애거시는 흔들린 마음을 다잡았는지, 무섭게 영석을 몰아붙였다.

듀스에 듀스를 거듭하고, 영석을 진땀 빠지게 만들었다. 극한으로 다듬은 집중력이 치명적일 정도로 날카로웠다.

쿵!

하지만 그런 애거시의 마음 상태를 무시할 수 있는 것.

서브가 2세트의 끝을 마무리 지었다.

아무리 의욕이 높아도 물리적으로 받을 수 없는 서브는 분명히 존재했고, 영석은 최적의 타이밍에 최고의 서브를 꽂아 넣으면서 2세트까지 가져오는 것에 성공했다.

웅성웅성…….

코트는 기이한 열기로 가득 차오르기 시작했다.

모두의 심박이 올라가고, 흥분으로 체온이 올라갔다.

그리고 1만 명이 넘는 사람들의 극적인 변화는 대기 전체를 바꾸었다.

"고, 곡예야, 뭐야……."

모두가 경악의 격류에서 허덕이고 있는 와중에, 간신히 입을 열어 말을 뱉는 사람이 있었다.

이재림이었다.

영석을 가리키는 손가락이 벌벌 떨리고 있다.

2세트를 가져왔다는 사실보다, 그 기이한 몸놀림이 더욱 인상 깊게 남았다.

"잘도 저런 짓을 하는구나."

이유리가 놀란 가슴을 쓸어내리며 품에 안긴 아이를 살펴본다.

"……."

"……."

최영태는 미간을 찌푸리고 있었고, 이현우와 한민지, 그리고 최영애는 입을 떡 벌리고 굳어 있는 상태였다.

"…안 다쳤을까요?"

유일하게 진희만이 놀라지 않고 걱정을 했다.

그리고 머뜩잖은 기색의 최영태가 나직하게 으르렁거렸다.

제자임에도 냉철한 비판을 멈추지 않았다.

"저런 플레이를 할 수 있는 선수는 많아. 하지만 아무도 안 하지. 그 정도의 여유가 있다면, 다른 선택지가 더 효율적이니까. 조금은 방자한 플레이였어."

"최 코치. 그래도 결과적으로 저 플레이 덕분에 2세트를 갖고 온 거 아녜요? 성공한 영석은 기세를 올릴 수 있고, 당한 애거시는 당황할 수밖에 없고……."

최영애가 납득할 수 없다는 듯 가벼운 반론을 펼친다.

"…그건 맞습니다. 그래도 영석이의 능력이라면, 다른 식으로 풀어나가는 것이 맞습니다. 성공해서 결과를 도출했다고 그 과정이 모두 옳은 것은 아닙니다."

"…옳은 말씀이에요."

최영태의 정론에 영애는 고개를 끄덕이며 생각에 빠졌다.

"안 다쳤으려나……."

진희는 어른들의 대화를 귓등으로도 듣지 않고 영석의 몸을 걱정하기에 여념이 없었다.

영애가 그런 진희의 등을 쓰다듬으며 달랬다.

"괜찮을 거야. 그 후의 서브 게임에서 이렇다 할 이상을 못 느꼈으니까. 이모를 믿어봐."

"…네."

그렇게 일행은 대화를 마쳤다.

아직도 벌떡 일어나서 영석을 가리키고 있는 이재림의 모습이 희극적으로 느껴졌다.

'다 정상.'

평소의 움직임이 아니었기에 근육들이 조금 놀란 것 같았지만, 영석은 그 즉시 스트레칭으로 온몸을 풀어서 혹시나 있을 불편함을 말소했다.

'이제 한 세트만 더…….'

부우우—

신호음이 들리고 영석은 벤치에서 일어나 코트로 향했다.

세트스코어 2 : 0.

하나의 세트만 더 갖고 오면… 이라는 생각을 할 수밖에 없는 순간이었다.

*　　　　*　　　　*

3세트 중반.

혹시나 있을 애거시의 반전(反轉)이 있을까 노심초사한 영석의 우려와 달리, 전개는 1, 2세트와 비슷하게 진행되었다.

끽, 끼기기기!

탓!!

펑!!!

펑!!

3 : 3.

어떻게든 애거시에게서 브레이크를 따 와야 되는 영석과 그 칼날을 막아내야 하는 애거시의 분전이 계속된 것이다.

"훅, 훅……."

코트를 누비는 두 선수는 일견(一見) 침착해 보였다.
하지만 속까지 침착할 수는 없었다.
'이대로 계속 갈 거냐…….'
영석은 다양한 의미의 초조함을 마음에 품고 있었다.
—한 세트만 더 따 오면…….
—계속 잘해 나갈 수 있을까?
그리고 그 초조함을 조금이나마 억누를 수 있는 건, 아이러니하게도 애거시 덕분이다.
펑!!
익숙해질 대로 익숙해진 타이밍의 스트로크.
리턴으로는 당대 최고의 자리를 지키고 있는 애거시였지만, 이상하게도 영석은 그 공이 그렇게 어렵지 않아졌다.
'오히려 3세트에서 스트로크전이라면 나쁘지 않지…….'
펑!!!
하나의 포인트가 끝났고, 서브 에이스로 자신의 서브 게임을 끝낸 영석이 땀을 쓸어 닦았다.
게임 스코어 4 : 3.
이제 애거시의 서브 게임.
'브레이크를 언젠가 한 번은 해야 해. 그렇다면… 이제 노릴 수 있는 시간은 별로 없어.'
스코어를 보자마자 습관이 됐는지, 머릿속으로 전개가 그려진다.
—이번 게임에서 브레이크를 하고 5 : 3으로 만들어 내 서브 게임을 맞이한다.

최상의 시나리오가 영석의 가슴을 울렁이게 했다.

*　　　*　　　*

펑!!!

애거시의 서브가 작렬했다.

이 톱 플레이어는, 미간을 조금 찌푸리는 것으로 자신의 마음대로 경기가 풀어지지 않는 이 상황을 아쉬워했을 뿐이다.

펑!!!

영석은 센터로 꽂힌 서브를 포핸드로 응수했다.

왼손의 숙련도가 언제 아쉬웠냐는 듯, 우렁찬 타구음이 짜릿하게 울려 퍼진다.

'이번 랠리는 언제쯤…….'

기회가 올까.

라는 말을 영석은 삼켰다. 아니, 삼킬 수밖에 없었다.

애거시가 시도한 드롭을 마주했기 때문이다.

퉁―

덜컥―거리며 잠시 멈춘 몸과 달리, 시선은 유유히 날아오는 공을 좇고 있었다.

퉁, 퉁…….

"……."

애거시는 자신의 시도가 성공했지만 별 감흥이 없는 듯, 빙글 몸을 돌려 볼키즈에게 수건을 요청했다.

'……'

영석의 눈동자가 차갑게 가라앉았다.

순식간에 찬물을 뒤집어쓴 기분이었다.

'바보 같은…….'

애거시의 드롭은 사실 별문제 아니었다.

조금만 의식을 기울이면 충분히 받아낼 수 있었던 수.

그걸 알면서도 시도한 애거시의 심계는 차치하더라도, 영석은 지금 이 순간 뼈저린 반성을 하고 있었다.

'생각이 많아져서… 방심했어.'

꼭 상대를 얕잡아 봐야 방심이 성립되는 것은 아니다.

충분히 긴장하고, 침착한 상황이었어도 방심은 깊숙이 칼날을 뻗어온다.

'경기는 안 끝났어. 3세트가 아니라… 1세트라고 생각해야 한다.'

피식.

자신의 다짐이 짐짓 우스웠는지, 영석은 입꼬리를 틀어 올렸다.

규모가 다르고, 의미도 다르고, 의의도 다르며, 긴장도도 다르지만… 자신은 이 같은 무대를 몇 번이고 밟았던 경험이 있다.

그런데 지금 이 꼴은 뭔가.

중요한 순간 어찌할 바를 모르고 괜히 들떠 있다가 생각지도 못한 수에 당해서 자신을 책망하기까지 한다.

"그야말로… 신출내기가 아닌가."

조용히 읊조린 영석이 올라가 있던 입꼬리를 내렸다.

표정이 딱딱하게 굳으며, 스산한 기세가 등허리에서 담뿍 뿜어져 나온다.

스스슥—

섬뜩한 기세가 볼키즈들을 거쳐, 부심, 심판… 그리고 애거시까지 향한다.

그리고 기이한 열기에 취해 있는 관중들에게까지 전해진다.

"……"

거짓말처럼 모든 소음이 사라진다.

경기를 지켜보고 있는 모든 이가 사전에 약속이나 한 듯, 침묵을 지킨다.

*　　　*　　　*

펑!!

이번엔 와이드로 꽂힌 애거시의 서브.

영석의 팔이 힘차게 휘둘러진다. 거친 동작과는 어울리지 않는, 무저갱 같은 눈빛이 애거시를 쏘아본다.

꽝!!!

쉭—

소름 돋는 타구음과 함께, 영석의 공이 허공을 지이익— 찢으며 쏘아진다.

쿵!!

포물선이 아닌, 직선을 그린 공이 베이스라인 한구석을 날카롭게 찌르고 벽으로 몸을 날렸다.

"게임 이영석."

우와아아아!!!

기이한 침묵으로 일관된 애거시의 서브 게임.

영석은 기어코 브레이크를 해내고야 말았다.

한 포인트를 내주고 한 게임을 뺏어 왔기 때문에, 방심이라는 미세한 흠은 그 누구도 알아채지 못했다.

5 : 3.

전광판의 숫자가 하나 바뀌자 영석은 덜컥— 심장이 내려앉는 것 같은 느낌을 받았다.

그리고 신랄한 마음이 들었다.

'인간이란 이 얼마나 미흡한 동물인가.'

자신을 채찍질하듯 뼈저린 반성을 한 게, 10분 전이다.

하지만 전광판의 숫자가 바뀌자 영석의 의지와 상관없이 몸이 덜덜 떨렸다.

끝끝내 눌러두어서 찔끔찔끔 새어 나오던 초조함이 활화산 터지듯 빵! 터졌다.

—의식은 과연 육체를 지배할 수 있는 것일까? 아니면, 스스로가 컨트롤할 수 없는 의식의 영역이 큰 것일까.

머리는 차가웠다.

차가워지려 애썼다.

다만 몸이 안달이 난 것이다.

빨리 '끝내고' 싶은 것이다.

두근, 두근…….

두근, 둑, 둑, 둑…….

'이렇게 뛰다간 죽지 않을까' 싶을 정도로 심장은 거세게 요동쳤다.

가슴팍을 뚫고 나올 것같이 온몸으로 피를 펑펑 쏟아냈다.

피의 농도가 짙어지고, 피의 흐름이 빨라졌다.

"……."

땀은 얼마나 흘렸는지, 가슴팍에서 솟아난 땀방울이 종아리에까지 주르륵 흐른다.

도무지 어찌할 수 없는 신체의 이상 상태.

영석은 자신의 몸을 컨트롤하려는 시도를 접었다.

쏴아아아아——

고삐가 풀리자 전신의 감각이 날카롭게 벼려지며, 솜털이 올올이 곤두섰다.

"끝내자."

대장정은 이제 영석의 서브 게임 하나로 운명이 갈리게 되었다.

*　　　*　　　*

곧 있으면 2003년의 시작을 알리는 가장 큰 대회가 끝난다는 것을 알고 있는 관중들.

모두 두근거리는 심장을 가라앉히고, 들썩거리는 엉덩이를 의자에 붙여 다리를 떨거나 두 손을 깍지 끼고 손등이 하얗게 변할 때까지 손가락에 힘을 준다.

"……."

영석은 볼키즈에게 공을 받아 챙겼다.

머릿속으로 방금 전 짧게 봤던, 가족들을 포함한 일행의 모습이 떠올랐다.

믿는 종교도 없으면서 두 손을 모아 기도하는 사람이 반이었다.

나머지 반은 아려오는 눈을 애써 참아내며 부릅뜨고 이 장면 하나하나를 놓치지 않겠다는 의지를 보였다.

강춘수는 녹화 장비만 두세 개를 늘여 놓고 떨리는 눈으로 영석을 바라봤다.

진희는… 경기 내내 끊임없이 무언의 격려를 보냈다. 눈으로.

'눈만 선명하게 기억나네.'

피식 웃은 영석이 공을 바닥에 튕겼다.

퉁…….

퉁…….

퉁… 퉁… 퉁…….

휙—

높게 떠오른 공은 아주 느릿하게 자전을 시작하려 했다.

천천히… 아주 천천히 몸을 돌려 한 바퀴쯤 돌았을까. 돌연 벼락이 떨어졌다.

콰!!!

스트링이 터지는지, 공이 터지는지 시험이라도 하듯, 영석의 서브는 마지막에 이르러서 더욱더 진화된 모습을 보였다.

쉬익— 쿵!!

눈을 한 번이라도 깜빡거리는 게 얼마나 많은 시간을 필요로 하는지, 영석의 서브를 보면 알 수 있었다.

툭, 툭…….

공은 천연덕스럽게 바닥을 구르고 있었고, 애거시는 민머리를 쓰다듬으며 애드 코트로 걸어갔다.

그리고…….

"피프틴 러브(15 : 0)."

"끄어어어어어아아아!!!"

심판이 스코어를 읊자 관중들은 터질 듯한 환호를 질렀다.

마치 게임이 끝난 듯 말이다. 긴장감이 가득하다는 걸 보여주는 모습이다.

"쉬이이이이이잇!!!"

환호가 조금 길어지려는 기미가 보이자 여기저기서 침묵하라는 사인을 보냈다.

조금의 웅성거림이 잔잔한 파도처럼 둥글게 번져 나갔다.

고오오오―

"……."

이윽고 완전히 침묵이 자리 잡자, 이번엔 대기가 거칠게 떨리기 시작했다.

한 명 한 명의 사람들이 몸으로, 정신으로 쏟아내는 긴장의 파편들이 마치 동굴에서 발생한 것처럼 기괴한 울림을 자아냈다.

퉁…….

그 틈바구니를 뚫고, 어느새 애드 코트로 간 영석이 공을 튕기는 소리가 갈 곳 없는 긴장감을 공으로 쏠리게끔 만들었다.

"……."

퉁, 퉁, 퉁, 퉁…….

휙―

방금 전과 마찬가지로, 공은 태연자약하게 공중을 누빈다.

영석의 표정도 침착해 보였다.

쾅!!!

촤르르륵!!

"폴트!!!"

하지만 결과는 폴트.

영석은 순간적으로 자신의 상태를 체크했다.

굳이 애써 더 침착하려는 태도를 자신에게 강요함으로써 실수할 수 있는 이 순간을 모면하려는 것이다.

'토스, 스윙, 근육의 경직도, 팔로스윙, 시선, 스텝, 점프… 거의 기준치에 근접한 상태였어. 이건 어쩔 수 없는 상황이야.'

통, 통, 통…….

영석은 바로 이어서 세컨드 서브를 준비했다.

휙—

플랫 서브 단일 구성으로 이뤄진 퍼스트 서브와 달리, 세컨드 서브에선 다양한 회전이 필요하다.

휘리리릭—

토스된 공이 아까보다 빠른 속도로 회전한다.

"훅!!!"

펑!!!

쉬이이익—

등 뒤에서 긁어 올려 친다는 느낌으로 팔을 내던진 영석이 서브가 끝나자 긴장된 눈으로 애거시를 바라봤다.

쿵—

공이 바닥에 찍히고, 애거시의 몸 쪽으로 휘어 들어간다.

제법 준수한 트위스트 서브.

펑!!!

하지만 애거시는 공이 크게 튀어오를 때까지 기다릴 생각이 없는 듯, 빠른 타이밍으로 날카롭게 라켓을 휘둘렀다.

'역시나…….'

잔기술로 상대할 만큼, 이 무대는 만만치 않았다.

쉬익—

영석의 서브보다 빠른 리턴이 영석의 발밑을 찔러온다.

"흡!!"

퉁!!

다급하게 막아낸 영석은 애거시의 리턴 한 방에 자신이 수세에 몰렸음을 깨달았다.

뿌득.

'절대로! 한 포인트도 안 준다!'

영석의 눈은 형형한 불빛으로 타올랐다.

펑!!!

영석과 대비되는 침착함을 보이고 있는 애거시는, 여전히 강렬하고 빠른 타이밍을 앞세워 영석을 끊임없이 몰아쳤다.

두두두두!!!

코트를 시끄럽게 울리는 영석의 뜀박질 소리가 마치 심장의 고동과 같다.

끼이익—

미세하게 연기를 피워 올리며 발을 멈춘 영석이 이를 악물고 두 손으로 잡은 라켓을 휘두른다.

코스 조절까지 섬세하게 다룰 여력은 없었다. 모든 힘을 쏟아부어 그저 강렬한 공을 보내는 것에 치중한 스윙.

쾅!!!

두두두두!!

공이 라켓에 맞자마자 영석은 네트로 돌진했다.

공은 대각선을 그린다. 궤적이 우아한 크로스. 애거시의 듀스 코트를 향해 공이 짓쳐 든다.

'로브는 못 쳐. 패싱에 집중.'

쿵!!

끽, 끼긱, 끽!!

공이 인에 꽂히자 안도의 한숨을 쉰 영석은 현란한 스텝으로 네트 앞에 멈추고는 몸을 11시 방향을 향하게 두고 만반의 준비를 끝냈다.

'저 각도에서 크로스로 보낼 수 있는 패싱은 막았다. 스트레이트만…….'

쾅!!!

"스트레이트!!"

계산이 끝나기도 전에 애거시가 강하게 공을 후드려 깠지만, 절정의 집중력을 보이고 있는 영석은 애거시가 보인 손목의 움직임을 캐치하곤 몸을 미리 날렸다.

퉁!!

툭… 툭…….

너무나 격렬했던 두 선수의 움직임과 달리 포인트의 마지막을 장식한 건 우아한 발리였다.

"휴우……."

"서티 러브(30 : 0)."

"우와아……!!!"

짝짝짝—

어딘지 모르게 지르다 만 환호성을 들려준 관중은 재빠르게 착석했다.

저벅저벅—

다시 듀스 코트.

퉁, 퉁, 퉁, 퉁, 퉁…….

예외 없이 다섯 번을 튕긴 공은 영석의 손을 훌쩍 떠났다.

휘릭— 쾅!!!

쿵.

신체의 극한까지 끌어 올린 서브가 강렬하게 꽂히고,

틱!!

애거시의 라켓 테두리에 공이 튕겼다.

퉁— 소리와 함께 공이 관중석으로 날아갔고, 관중들은 더 이상은 참을 수 없다는 듯, 광기 어린 포효를 내뿜었다.

"포티 러브(40 : 0). 매치포인트."

우와와아—라고 말할 수도 없을 만큼, 언어로 표현이 안 되는 소리의 해일이 두 선수를 덮쳤다.

"후우……."

떨리는 걸음은 애드 코트로 향한다.

마지막이 될 수 있는 서브 하나가 남았다.

*　　　*　　　*

극한(極限).

모든 것이 요동친다.

상상할 수 있는 모든 신체의 극한 반응이 영석의 몸에서 동시다발적으로 진행 중이다.

안달이나 초조… 지금 이 순간엔, 이런 구차한 단어들로 지금의 상태를 표현해 낸다는 것은 어불성설이었다.

발가락에서 흐르는 극치(極致)의 쾌감이 오금을 타고 올라와 회음혈을 끊임없이 자극한다. 방광과 대장이 꿀렁거리며 요동친다. 심장은 터질 듯이 급격하게 뛰었다가, 차분해졌다가를 반복하며 아찔한 빈혈을 선사한다.

"후… 후, 후, 우우……."

긴 날숨이 방지 턱에 걸린 차처럼 턱턱 멈추고, 떨리고 난리를 부린다.

욕정이 절정에 이른 짐승처럼 눈이 시뻘겋게 변한다. 그야말로 혈안(血眼)이다.

찌이잉—

섬뜩하게 스쳐 지나가는 두통이 알큰한 고통을 선사한다.

슥—

손을 올려 관자놀이를 더듬은 영석은 볼록하게 솟아오른 핏줄이 느껴지자 헛웃음을 지었다.

'죽는 거 아냐?'

긴장이 최고조에 오른 순간에 나온 헛웃음이 날아가 버릴 것 같았던 정신을 붙잡는다.

퉁, 퉁, 퉁, 퉁… 퉁…….

휙—

'이게 뭐야…….'

마음을 가다듬고 토스를 한 순간, 영석은 실소를 지으며 애거시에게 손바닥을 펼쳐 보이곤, 양해를 구했다. 토스한 공이 어처구니없는 방향으로 솟은 것이다.

툭.

공이 다시 바닥으로 떨어진다.

"후우우우우우……."

모두가 멈추고 있던 숨을 일거에 내뱉는다.

자신의 사소한 동작 하나가 끼치는 영향에 한 번 더 실소를 머금은 영석이 공을 잡고 다시 토스했다.

'와이드.'

휙—

구상을 끝냄과 동시에 공이 금세 최고의 위치에너지를 뿜을 수 있는 높이까지 올라갔다.

영석의 미간이 살짝 찌푸려진다.

'힘이 좀 들어갔어.'

휘리리릭—

할 수 없이 영석은 스윙을 평소보다 약간 빠르게 들어갔다.

발바닥부터 나선을 그리며 꼬여 올라오는 힘의 속도도 평소보다 빨랐다.

몸이 껑충 뛰는 것처럼 보인다.

그리고…….

꽈아아앙!!!

그 어느 때보다 거친 타구음이 고막을 강렬하게 때린다.

쉭— 쿵!

공이 찍히고…….

휙—

애거시는 팔을 휘둘렀지만, 라켓은 허공을 가를 뿐이었다.

탁—

공중에서 그 모습을 보다가 바닥에 착지한 영석이 그 자리에서 멍하니 서 있었다.

"아, 아……."

말라비틀어진 입술을 비집고 무엇인가가 쏟아져 나오려 했다.

"게임 셋 매치 원 바이……."

"으아아아아아아아아!!!"

삐이이이이—

과도한 긴장에 뒤이은 탈력이 영석에게서 순간적으로 청력을 빼앗았다.

길고 긴 이명이 귓가를 울렸다.

물속에 머리를 처박은 듯, 소리가 먹먹하게 귓가를 때린다.

휙—

라켓을 어딘지도 모를 곳에 살짝 던지고 팔을 치켜들었다.

"우와아아아아아!!!"

귀가 먼 것 같은 상황에서 소리를 크게 지르자, 자신의 목소리가 자신에게만 선명하게 들린다.

"……."

정면에서 애거시가 네트 앞에 자리하고 있는 게 보였다.

'매너의 테니스'를 위해 마무리 지어야 할 절차가 남았다.

타닥!

살며시 뛰었는데, 다리에서 중력이 느껴지지 않았다.

이대로 허공을 밟으면 그건 그것대로 걸음이 가능할 거라는… 믿음이 생길 정도였다.

덥석-

네트에 도착한 영석이 애거시의 손을 잡고 입을 열어 말했다.

애거시도 무엇인가를 말했다.

삐이이이이——

소름 돋을 정도로 계속 이어지는 이명 때문인지, 풀려 버린 긴장과 벅찬 환희 때문인지… 자신이 무슨 말을 하는지, 애거시가 어떤 말을 하는지 영석은 알 수 없었다.

"……."

애거시가 그 모습을 푸근하게 보더니 냉큼 심판에게 가서 악수를 했다.

우승자에게 이 순간이 어떤지 잘 알고 있기 때문이다.

덥석-

뒤이어 영석도 냉큼 심판과 악수를 했다.

심판도 뭐라고 지껄였지만, 당연하게도 영석은 알아들을 수 없었다.

'우승, 우승, 우승, 우승, 우승, 우승……'

하나의 단어만을 곱씹으며 악수를 마친 영석이 다시 두 팔을 번쩍 들고 코트로 방방 뛰며 들어왔다.

영석의 눈에 관중들이 난리 법석을 떠는 게 보였다. 외부의 소리가 들리지 않아 자신이 뛰는 쿵쿵— 소리만 들려 괴이한 감각이었지만, 그건 그것대로 즐거웠다.

번쩍번쩍!

여기저기서 플래시가 터진다.

하얀 파도가 일렁인다.

"…아!!"

"……!?"

이명을 뚫고 소리의 파편이 들리자 영석은 반사적으로 그곳을 향해 눈을 돌렸다.

"……!!"

그곳엔 눈물을 줄줄 흘리며 팔을 세차게 흔드는 진희가 보였다.

그 주변으로 쭈그리고 앉아 펑펑 울고 있는 엄마의 모습도 보였다.

그리고 감격을 어떻게 표출해야 할지 몰라 양팔을 휘젓기만 하고 있는 일행의 모습도 보였다.

남자 여자 가릴 것 없이 눈물을 흘려댔다.

쿵.

심장이 가라앉는 소리가 들리고,

"영석아!!!"

쏴아아아아아———

자신의 이름이 명확하게 들리는 순간, 영석은 막혔던 귀가 뚫리는 걸 경험했다.

환희의 소리가 귓가에서 즐겁게 춤을 췄다.

'가야겠다.'

라고 마음먹은 순간, 영석은 빠르게 걸음을 옮겼다. 시선은 계속해서 일행을 향해 꽂혀 있었다.

선수 입장을 위한 통로까지 간 영석이 담의 턱을 잡고 훌쩍 몸을 관중석으로 올렸다.

"%#$^%#$%!"

흥분한 관중들은 영석에게 말을 건넸다.

그러곤… 몸을 비켜줬다.

좌아악—

마치 바다가 갈라지듯, 관중들이 영석이 지나갈 수 있는 통로를 만들어주었다.

저벅, 저벅…….

저벅, 탁, 탓, 다다다다닥!!

크게 걷다가 마침내는 뛰고야 만 영석이 옹기종기 모여 있는 일행을 향해 몸을 던졌다.

"우승했어!!!"

진희가 품에 안기고, 부모님도 영석의 품에 안긴다.

영석의 품이 모자라자, 일행은 영석을 품에 안았다.

"흑흑……!!"

"엉엉!!!"

사방팔방에서 흐느끼며 오열하자, 영석의 눈에도 눈물이 맺힌다.

누군가가 머리를 거칠게 쓰다듬는다.

숙여진 고개, 기울어진 얼굴을 타고 눈물이 흘러 땅에 떨어진다.

영석이 그 상태에서 웅얼웅얼댔다.

"고마워요, 엄마 아빠. 고마워, 진희야. 고마워요, 코치님. 고마워, 재림아. 고마……."

영석의 웅얼거림은 일행의 울음소리로 인해 들을 수 없었다.

와락!!

눈물을 닦을 생각이 없는지, 뿌연 눈동자로 이현우가 영석을 강하게 끌어안았다.

"장하다, 우리 아들……."

"흑흑, 영석아아아……."

한민지는 평소의 대찬 모습은 어디로 보냈는지, 영석의 옷자락을 잡고 늘어져서 연신 울었다.

진희는 영석의 등에 찰싹 달라붙어 뜨거운 눈물을 쏟아내며 끊임없이 한 단어만 중얼거렸다.

"잘했어, 잘했어……."

—6 : 3, 7 : 5, 6 : 3.

—세트스코어 3 : 0.

2003년 호주 오픈 남자 단식 결승의 결과였다.

Chapter 50
반향(反響)

눈물은 여러 감정들을 포용한다.

그리고 각 감정마다 다른 농도를 품는다.

지금 영석과 일행이 흘리는 눈물의 농도는 짙었다.

"……."

영석이 일행의 품에서 눈물을 흘리는 동안, 영예로운 순간을 함께하고 있는 관중들은 모두 기립해서 박수를 끊임없이 보냈다. 격려와 축하의 의미가 담뿍 담긴 갈채.

진심을 다해 보내는 그 따뜻함에 영석은 평소의 성격도 잊은 채 더 눈물을 흘렸다.

짝짝짝…….

그렇게 3, 4분을 감격에 젖었을까.

영석은 고요한 미소를 머금으며 말했다.

"갔다 올게요."

코트에선 그새 볼키즈가 질서정연하게 도열하고 있었고, 시상식을 위한 엄청난 세팅이 진행되고 있는 상황이었다.

저벅, 저벅…….

영석이 몸을 일으켜 코트로 나아가자 다시 우렁찬 환호가 터졌다.

아까와는 달리, 이번에는 영석의 손을 잡으려는, 혹은 몸을 터치해 보려는 시도가 영석의 몸에 쏟아졌다.

"…하하하……."

코트에선 시원하게 웃는 모습을 보여준 적이 별로 없는 영석이었지만, 지금만큼은 사람이 변한 듯, 손을 뻗어오면 마주 잡아주고, 잡아 세우고 말을 걸면 일일이 응대해 주었다.

'아…….'

영석은 시선을 돌리다가 저만치에서 자랑스러운 얼굴로 박수를 치고 있는 한국인 가족을 발견했다. 놀라운 건 가장으로 보이는 중년 남성이었다.

결코 천박하게 달려들지도, 소리를 지르지도 않았다.

그저 자랑스러움. 그것 하나만을 얼굴에 담고 박수를 치고 있었다.

그런 남편과 아버지의 모습에 다른 가족들도 얌전히 태극기를 흔들며 영석을 축하해 주었다.

"잠깐 이동 좀 할게요."

영석은 들러붙는 팬들을 가볍게 떼어내고 그 가족들을 향해 걸어갔다.

탁—

그리고 중년 남성의 바로 앞에 섰다.

남성은 숨이 막힌 듯, 하얗게 질린 얼굴이다.

"고마워요, 아저씨."

영석이 친근하게 말을 걸자 겨우 숨을 한두 번 내쉰 중년 남성이 두 손으로 영석의 손을 움켜쥐고 떨리는 목소리로 말했다.

손이 욱신거릴 정도로 강하게 쥐었지만, 본인은 눈치를 못 채는 것 같았다.

눈가에 방울진 눈물이 영석의 마음을 시큰하게 했다.

"추, 축하드립니다. 이영석 선수. 정말 수고 많으셨습니다."

"여러분이 응원해 주신 덕분이에요. 정말입니다. 힘이 많이 됐어요."

영석은 남성을 가볍게 안으며 그 옆에 있는 가족들도 한 번씩 안았다.

그리고 마지막으로 예닐곱으로 보이는 소년을 번쩍 들어 안았다.

"몇 살이야?"

"이, 일곱 살이요……."

소년은 영석이 갑자기 안아 들자 황망했는지 눈을 동그랗게 뜨고 있었다.

"응원해 줘서 고마워."

"멋있어요, 형."

영석은 말없이 소년을 내려놓고 머리를 쓰다듬어 주었다.

"조금만 기다려라. 시상식 끝나고 내 라켓을 줄게."

"……."

소년은 그게 무슨 의미인지 알지 못하고 눈을 껌뻑대기만 했다.

부부만 아연실색한 채 말을 잇지 못할 뿐이었다.

*　　　　*　　　　*

영석은 벤치에 돌아와 자신의 짐을 정리했다.

비닐을 벗겨낸 라켓이 두 자루.

준비해 온 라켓이 세 자루였으니, 그렇게 오랜 시간 동안 시합을 하진 않은 것이다.

'하나는 태수. 하나는 아까 그 애.'

그렇게 상념을 정리하고 있는 사이, 사회자가 마이크를 들고 시상식을 진행하기 시작했다.

관계자들의 축사가 이어졌고, 메인 스폰서 '기아(KIA)'의 관계자 또한 축사를 했다.

날카롭게 느껴질 정도의 억양이 딱딱하게 느껴졌지만, 훌륭한 축사였다.

그리고… 오늘의 준우승자 애거시가 호명이 되었다.

"와아아아아아!!!"

애거시는 만면에 미소를 띠고 팔을 높게 들며 여유롭게 시상대를 향해 걸어갔다.

더 큰 환호와 갈채가 그를 향해 쏟아졌다.

스포트라이트를 받는 그 모습에서 톱 플레이어의 모습이 엿보였다.

행사 보조자가 원판 모양의 트로피를 애거시에게 건넸다.

씨익.

애거시는 진심으로 행복한 표정을 하고 트로피를 받아 들어 번쩍 들었다.

다시 한 번 관중들은 난리를 치며 애거시의 이름을 연호했다.

"좋은 저녁입니다, 여러분. 오늘 이 영광스러운 무대에서 최고의 선수와 시합을 했다는 게 믿기지 않게 행복하군요."

애거시는 소감을 말하기 시작했다.

떨림 없는 목소리에서 부드러움이 느껴졌다.

"저는 여러분의 자랑스러운 호주 오픈에 몇 번이고 찾아왔었습니다. 그때마다 여러분의 응원과 관심은 절 행복하게 만들었죠. 이번 2003년 호주 오픈도 역시 최고였습니다. 그리고… 결승전에서 믿기지 않는 실력의 어린 선수와 만나게 돼서 더욱 행복했습니다."

그 뒤로도 재치 있는 언변을 구사하며 애거시는 소감을 말했고, 관중들은 웃기도 하고, 호응도 해주며 애거시의 소감을 즐겁게 들었다.

"…오늘의 주인공을 제가 너무 기다리게 했군요."

라는 말과 함께 끝까지 관객에게 웃음을 준 애거시가 한 발자국 물러났다.

그리고… 영석의 차례가 다가왔다.

벌떡.

힘차게 몸을 일으킨 영석이 보무도 당당하게 시상대로 걸어 나왔다. 다소 긴장했는지, 애거시가 보인 여유는커녕 뻣뻣한 군인의 제식처럼 턱턱— 걸어온 영석이 박수의 파도에 파묻혀 관계자들과 악수를 했다.

그리고 여지없이 KIA 관계자와도 악수를 나누었다.

"축하드립니다. 이영석 선수."

"…감사합니다."

코트에서 한국어로 짧게 인사를 나눈 두 명은 다음을 기약했다.

"……."

마침내 금빛으로 번쩍이는 우승컵을 목전에 두자, 영석은 감회에 젖었다, 젖을 수밖에 없었다.

그리고 더 큰 열망을 얻었다.

'……'

인생의 큰 목표 중 하나를 이뤘다는 달성감보다, 또 다른 시합을 하루라도 빨리 하고 싶어지는 마음이 더 컸다.

'부디… 몇 년이 지나도 이 마음을 잊지 않길.'

꺼지지 않는 열망이 늘 가슴속에서 불타오르길 기원한 영석은 우승컵을 향해 손을 뻗었다.

턱—

최초의 터치.

소리의 해일이 덮쳐온다.

"꺄아아아아!!"

"와아아아아!!"

번쩍—

우승컵을 번쩍 들어 올렸다.

사람이 내는 소리와 카메라가 내는 소리가 뭉쳐 영석에게로 쏟아진다.

"……."

그렇게 한 바퀴 돈 영석이 우승컵을 품에 안았다.

사회자가 장난스럽게 웃으며 말을 건넨다.

"이제 인터뷰를 해야 하는데, 계속 들고 있지 마시고 잠시 내려놓으시죠."

하하하…….

그 너스레에 영석도 피식 웃고 관중들도 헛웃음을 흘렸다.

"괜찮습니다. 지금의 저한텐 너무 소중하네요."

영석이 장난으로 응수하자 사회자는 어깨를 으쓱였고, 관중들은 또 한 번 웃음을 터뜨렸다.

그렇게 영석은 트로피를 한 손으로 안고 마이크를 든 상태로 소감을 말했다. 능수능란한 영어가 입에서 쏟아진다.

"가장 먼저, 오늘 저의 상대였던 애거시 선수에게 존경을 표합니다. 세계에서 가장 훌륭한 선수 중 한 명인 그와 이처럼 큰 대회에서 시합을 하게 돼, 개인적으로 큰 영광이라 생각합니다."

그러자 애거시가 푸근하게 웃으며 영석에게 손을 들어줬다.

영석은 꾸벅 고개를 숙였다.

"다음으로 저의 가족, 친구, 코치, 그리고 사랑하는 동반자 김진희에게 이 영광을 돌리면서 소감을 말하고 싶네요."

짝짝짝…….

십 대 소년의 풋풋한 말에 관중들은 아낌없이 박수를 쳐줬다.

"세계 최고의 대회에서 이처럼 큰 영예를 안게 된 지금, 기분이 얼떨떨합니다. 이 우승컵도 자고 일어나면 없어질 것 같을 정도로요. 우선, 이 대회가 지금까지 계속 이어져 오기까지 많은 노력을 기울인 관계자 여러분과 팬 여러분들에게 크나큰 감사를 표합니다."

순수함 절반, 격식 절반.

영석은 관록이 담긴 소감을 본격적으로 줄줄 풀어놓기 시작했다.

"…되어 영광입니다. 끝으로 내년에도, 그 후에도 여러분을 찾아뵐 수 있었으면 좋겠습니다. 이 코트, 이 순간에 말이죠."

짝짝짝짝…….

마지막 절차가 남았다.

애거시와 영석은 나란히 서서 사진을 찍었다.

포토 존에 있는 기자들이 손가락을 화려하게 놀리며 두 선수를 가장 멋지게 담아내기 위해 노력한다.

그리고 남은 건 영석의 독사진.

"……."

순간적으로 머릿속으로 수십 가지의 세리머니가 떠올랐지만, 영석은 그저 우승컵을 번쩍 치켜드는 걸로 정했다.

그것으로 족했다.

오늘은.

약속한 대로 소년에게 사인이 들어간 라켓을 건넨 영석은 터덜터덜 걸음을 옮겼다.

우승했다는 기쁨, 소년의 선연한 미소…….

'좋군.'

밖을 나서자 엄청난 수의 기자들이 진을 치고 있었다.

한국인도 열에 서넛은 되었다.

'그래, 이런 일도 앞으론 해야지.'

영석은 작게 한숨을 쉬고 옆에 서 있는 강춘수와 최영태를 바라봤다.

"우선, 한국인 기자분들에게 양해를 구해주세요. 순서를 뒤로 미루는 대신, 오랫동안 인터뷰를 하겠다고요. 이거 뉴스에 나가겠죠?"

"뉴스뿐이겠냐. 다음 날 신문도 네 모습으로 도배가 될 거다. 그것도 1면에."

최영태의 말에 영석은 씨익 웃고 말았다.

그렇게 공식 인터뷰가 시작되었다.

*　　　*　　　*

"우와, 이게, 이게 그 전설의 우승컵!!!"

이재림이 호들갑을 떨며 우승컵을 안아보고 두드려 보며 난리를 피운다.

"억! 아, 아파요, 이모. 야! 그거 떨어지면… 윽!!"

"가만히 있어."

영석은 팬티 한 장만 걸치고 좁은 이동식 침대에 몸을 뉘었다.

영애가 팔을 걷어붙이고 정성스럽게 영석의 전신을 주무르기 시작한다.

강춘수와 강혜수는 얼음 팩을 양손에 몇 개씩이나 쥐고 영애의 지시에 따라 영석의 온몸을 누볐다.

"흐, 으……."

차가운 얼음이 닿을 때 움찔하고, 근육의 결이 눌릴 때 반사적으로 고개를 번쩍 든다. 신음이 절로 새어 나온다.

"다친 곳은 없어. 깨끗해. 정말 다행이야……."

영애는 이마에 맺힌 땀을 걷어내며 안도의 한숨을 내쉬었다.

나머지 일행도 영애의 말에 가슴을 쓸어내렸다.

"다행이네요."

부상을 겪었던 2년 전과 우승을 한 지금의 처지가 너무나 상반되어서 영석은 피식 웃고 말았다.

"그래도 조심해야 해. 당연한 얘기겠지만, 지금 누적된 피로가 굉장해. 근육도 평소보다 경직되어 있고, 관절도 피로가 심한 상태야. 꼭 며칠 정도는 쉬는 게 좋아. 뛸 생각 말고. 식단도 짜줄 테니까, 그것만 먹고. 요리는 부탁드려도 될까요, 춘수 씨?"

"물론입니다."

영애의 말에 강춘수가 시원하게 대답을 했다.

남은 일행들 모두는 이재림의 뒤를 이어 우승컵을 구경하느라 여념이 없었다.

실물로 보고, 직접 만져볼 수 있는 이가 세계에 몇 명이나 될까.

"……."

의외인 건 진희였다.

시무룩함과 환희가 뒤섞여 있을 거라는 영석의 예상과 달리, 진희는 천진하게 우승컵을 쓰다듬었다. 감상할 순서를 양보할 법도 한데, 우승컵에 얼굴을 묻고 꼭 안았다.

"내년엔 나도 가질 거야!!"

어른들은 웃으며 진희의 머리를 쓰다듬어 주었다.

함께 쓰다듬고 싶은 마음이 컸지만, 누워 있는 영석은 속으로 응원을 보내는 걸로 대신했다.

'내년이 아니라 올해 안에도 진희 넌 우승할 수 있는 기회가 있어.'

호주 오픈이라는 거대한 산을 넘었지만, 2003년은 겨우 1월을 지났을 뿐이다.

곧 있으면 프랑스 오픈(롤랑가로스)이 시작되고, 롤랑가로스가 끝나면 곧바로 '전영 오픈(윔블던)'이 시작된다. 그뿐인가. 전미 오픈(US 오픈)도 남아 있다. 1년은 길고 길다.

영석 자신은 물론이고, 진희도 이 네 개 대회 모두에 참가할 예정이다.

테니스 선수는, 쉴 수 없다.

"……."

강춘수는 조심스럽게 녹화 장비를 정리하고 있었다.

영석이 문득 생각났다는 듯 물었다.

"춘수 씨, 지금 몇 시예요? 한 10시 됐나?"

"10시 30분입니다."

골똘히 한국과의 시차를 생각한 영석이 물었다.

"김 대표님한테 연락 왔을 법도 한데……."

"연락은 왔었습니다만… 오늘은 푹 쉬시라고 말씀하신 게 다였습니다."

고개를 끄덕인 영석이 상반신을 일으켜 옷을 입기 시작했다.

"……?"

그런 영석의 시야에 박정훈이 구석에서 열심히 꼼지락거리고 있는 모습이 포착됐다.

'그러고 보니 조용했네…….'

목을 가다듬은 영석이 박정훈을 불렀다.

"박 기자님~! 숙소로 가요, 이제."

홱—

영석의 말에 고개를 돌린 박정훈의 모습은 괴기스러웠다.

너무나 하얘서 피가 다 빠져 버린 게 아닐까 싶을 정도로 창백한 얼굴이었는데, 온몸에서 땀을 쏟아내고 있었다.

"어, 어……."

뭔가 심각하다고 생각한 영석이 벌떡 몸을 일으켰고, 영애가 다급하게 뛰어가 박정훈의 몸을 살폈다.

"나……."

박정훈은 사람들의 난리에도 눈 한 번 깜빡이지 않고, 영석에게 시선을 고정하고 뭔가를 말하려고 했다.

"네? 괜찮아요?"

영석이 조금 큰 목소리로 답하자 박정훈이 팔을 움직여 땀을 닦아내고 나머지 말을 쏟아냈다.

"난리 났어!"

*　　　*　　　*

박정훈의 호들갑은 하루 이틀 이어진 역사가 아니다.

외향적인 성격 탓인지, 늘 말하는 것에서 감정이 확연히 드러나는 사람이었다.

그럼에도 불구하고 좌중은 박정훈의 안색에서 심상찮음을 느꼈다.

"누구랑 전화했는데 그래요?"

차갑게 식어버린 분위기를 해소하기 위함인지, 이재림이 박정훈에게 다가가서 능청스레 물었다.

"대표님."

"아, 박 기자님 잡지요? 그게 왜요?"

이어진 이재림의 질문이 모두의 궁금증인 듯, 좌중의 시선이 박정훈에게 집중됐다.

"지금 국민들 관심이 대단해. 이 밤에도 관계자들은 물론이고, 각종 언론사, 심지어 테니스 협회에서도 난리 법석을 떨면서 진희 선수, 영석 선수랑 접선을 하고 싶어 안달이래."

"……."

몇 주를 호주에서 공만 치고 살았던 영석과 진희는 눈을 똥그랗게 뜨고 있었다.

진희는 영문을 모르겠다는 눈치였고, 영석은 다른 의미로 놀라고 있었다.

'이 밤에 이렇게까지 난리를 떨다니…….'

잠시 상념을 멈춘 영석이 박정훈에게 물었다.

"…근데 왜 박 기자님네로……."

"어떤 매체보다 두 선수의 소식을 많이 전달했었으니까. 그리고 그 모든 기사는 다 내가 작성했고."

"흐음……."

아무리 말해도 왜 자신이 놀라고 있는지 이해하지 못하고 있는 좌중을 상대로, 박정훈은 큼직한 한 방을 던졌다.

"청와대에서도 연락이 왔대."

"……!!"

그 말을 듣고서야 일행은 모두 숨을 멈추고 놀라움을 표현했다.

영석을 제외하곤.

"그런 연락은 춘수 씨한테 왔었어야 하는 게 아닌가요?"

지당한 말이다.

영석과 계약한 기업은 한신은행이고, 한신은행에서 인재를 수배해서 영석에게 붙여줬다.

그리고 그 인재가 바로 강춘수다. 진희의 경우엔 강혜수고.

"…그건 나도 잘 모르겠네."

박정훈의 대답에 영석이 강춘수를 물끄러미 봤다.

"…전 아까 김용서 대표와 연락한 게 다입니다만……."

"…아까 '오늘은 편히 쉬어라'는 연락이요?"

"네."

과연 김용서 대표는 과할 정도로 선수의 입장을 잘 헤아리는 사람이었다.

비교적 빠른 시간에 이겼다곤 하지만, 세계 최고의 무대에서 펼쳐진 결승이라는 점을 놓치지 않았다. 그게 아무리 경천동지(驚天動地)할 일이어도, 선수의 휴식을 방해할 순 없다고 판단한 것이다.

짝!

최영태가 손뼉을 치고는, 좌중의 이목을 집중시켰다.

"그래. 일단은 오늘 쉬자. 넌 방금 시합을 끝낸 선수야. 휴식이 무엇보다 우선이다."

모두는 그 말에 고개를 끄덕였고, 곧 짐을 정리해서 숙소로 돌아갔다.

*　　　*　　　*

다음 날.

오전 11시가 될 때까지 잠을 푹 잔 영석은 탱탱 부운 얼굴로 몸을 놀리고 있었다.

"크……."

'물 먹은 솜'이라는 전형적인 비유를 들 수 있는, 무력한 몸뚱이를 이끌고 일어난 영석은 침대 근처에서만 스트레칭을 20분 정도 했다.

꾸득…….

빽! 툭!!

근육과 관절에서 연신 비명을 질러댄다.

딱히 딱딱하게 굳었거나, 빡빡한 느낌이 드는 것은 아니었지만, 너무나 피로했다.

할 수만 있다면 잠을 더 자고 싶을 정도.

"우승… 이라."

하루가 지났지만 먼 옛날의 일인 듯, 어딘지 모르게 아련한 느낌이 들었다.

불타오르는 열망과, 휴식을 원하는 신체의 부조리가 기분을 묘하게 만든다.

"……."

무엇인가를 해야 할 것 같기도, 가만히 있어야 할 것 같기도 한 상태.

영석은 걸음을 옮겼다.

부스럭―

가방으로 다가간 영석이 수첩을 하나 꺼내 든다.

검은색 가죽으로 앞뒤를 대고, 무지(無地)의 흰 메모장들이 단출하게 엮인 수첩이다.

수첩의 앞표지에는 한자 여덟 글자가 음각되어 있었다.

〈隨處作主立處皆眞〉

"수처작주입처개진."

소리 내어 읽어본 영석이 가만히 뜻을 되새겨 본다.

―어느 장소에서든지 주체적일 수 있다면(隨處作主), 그 서는 곳은 모두 참된 곳이다(立處皆眞).

습관처럼 일삼던 독서 중에 마음에 박힌 구절을 영석이 직접 얇은 송곳으로 수첩에 새긴 것이다. 삐뚤빼뚤한 한자의 모양새가 퍽 웃겼다.

"지금 이 상황이랑 어울리는 말인가?"

그런 것 같기도, 아닌 것 같기도 하다.

피식 웃은 영석은 수첩을 파라락― 넘긴다.

새까만 글씨들이 눈을 스쳐 지나간다.
"거의 다 썼네."
수첩의 끝자락에 닿아서야 흰 메모지가 나타났다.
영석은 팬을 들어 습관이 된 행위를 이어간다.
사각사각—
"1점… 1점… 1점……. 올 1점."
자신의 상태에 객관적인 점수를 매기는 것.
유소년 때의 습관이 지금까지도 이어진 것이다.
"얼마나 긴장이 풀린 거야……."
이번 생에선 겪어본 적이 없을 정도로, 몸은 끝없이 휴식을 원했다.
심지어 육체 개조를 한답시고, 최영태에게 지옥 같은 훈련을 받았을 때보다도 더 무기력했다.
육체적으로도, 정신적으로도 지금은 최악의 상태였다.
꾸륵—
마침 뱃속이 우렁차게 공복 상태임을 알렸다.

* * *

간단하게 세안을 한 영석은 때늦은 아침 식사를 하고 있었다.
다른 일행들은 그새 호주 관광을 하러 나갔다. 앞으로 삼 일 정도는 그야말로 '놀기 위해' 최선을 다하기로 했기 때문이다.
"영석 선수."
그런 영석의 옆에 남은 유일한 한 사람.

강춘수가 조용히 영석에게 말을 건넸다.

영석은 어울리지 않게 음식을 와구와구 입속에 넣고 있었다.

긴장감이 풀어진 건 위도 마찬가지였는지, 한없이 음식이 쌓이고 있었다.

축 처졌던 몸에 조금씩 활기가 돌아오고 있는 느낌이었다.

"이거… 맛있네요. 이렇게 많이 먹어도 되나? 아, 네. 말씀하세요."

"천천히 식사 마치시고, 앞으로의 일정에 대해 말씀드려야 할 것 같습니다."

"물론이죠."

영석은 시원하게 대답하고 빈 접시를 들고 다시 홀로 떠났다.

먹어도 먹어도, 배가 고팠다.

"일단은 이게 호주 오픈 후의 일정 전부입니다."

만복(滿腹)의 여운이 뜨거운 홍차의 향으로 물들어가고 있는 티타임.

영석은 강춘수에게 자료를 받아 넘겨보고 있었다. 그러다가 종이를 덮고는 강춘수를 바라보며 물었다.

"본격적인 얘기에 앞서서… 이번 호주 오픈 상금 얼마예요?"

강춘수는 기다렸다는 듯 기계적으로 답했다.

"605,152달러입니다."

"……."

영석은 두 가지 의미에서 놀랐다.

하나는 일의 자릿수까지 완벽하게 외우고 있는 강춘수에게 놀랐고, 다른 하나는 액수의 규모에 놀란 것이다.

"육십… 얼마라고요?"

"육십만 오천백오십이 달러입니다."

"……."

머릿속으로 대충 계산해 본 영석이 중얼거렸다.

"환율… 귀찮으니 천 원으로 잡고… 6억 정도 되는 건가……."

돈에 구애받지 않는 삶을 살아온 영석이었으나, 이 정도의 액수를 상금으로 받았다는 것이 실감이 나지 않았다. 훨체어 테니스 때와는 비교가 되지 않는 상금이었다.

"약 2주 만에 그 정도 돈이라."

"……."

테니스 선수를 하겠다고 천덕꾸러기처럼 부모님에게 의존한 채, 약 10년의 세월 동안 물처럼 썼던 돈보다 많은 액수다.

잠시 돈이 주는 위압감에 침묵을 지킨 영석에게 강춘수가 단호한 어조로 말을 이었다.

눈초리가 제법 날카로웠다.

"돈은 영석 선수에게 중요하지 않습니다. 앞으로 선수 생활 하시면서 수십 배는 더 버실 수 있을 겁니다. 그것보다 중요한 것, 세계의 정점에 올랐다는 그 자체가 지금은 훨씬 중차대한 일입니다."

"…그렇죠."

강춘수의 걱정은 기우(杞憂)에 불과했지만, 걱정하는 마음은 개연성이 충분했다.

안 봐도 훤했다.

밀려들어 오는 폭발적인 관심에서 과연 어떻게 중심을 잡을 것인가.

부화뇌동(附和雷同)하지 않고, 선수로서 오롯하게 테니스에 집중할 수 있을 것인가.

돈이 문제가 아니었다.

단 한 번이라도 호주 오픈에서 우승했다는 사실이 영석의 평생을 풍요롭게 만들 것이다.

필요 이상의 여유를 낳고, 그 여분의 여유는 열망을 풍화시킬 것이다.

특히나 한국에서는 더 심할 것이다.

그 누구도 넘볼 수 없는 아성.

한국이라는 나라의 역사를 통틀어 단 한 명만 이루어낸 업적이다.

굳센 뿌리를 가진 나무도, 휘청거릴… 대사건인 것이다.

하지만 영석은 침착했다.

'고작 한 번으로는 어림도 없지.'

영역이 다르지만, 휠체어를 탈 땐 스무 번도 넘게 정점에 올랐다.

그때는 한국뿐 아니라, 전 세계에서 유례없는 커리어를 쌓은 선수였다.

삐뚤어진 상태였을지언정, 영석의 자부심은 그야말로 거대하고, 굳건했다.

"미리 말씀드릴게요."

차가울 정도로 침착했다.

푸른 예기를 내뿜는 면도칼 같았다.

"…듣겠습니다."

강춘수가 나지막하게 답했다.

"시합, 코치, 계약 등… 테니스와 관련한 것은 언제나처럼 상의를 합시다. 그 외의 공식적인 일정은 춘수 씨가 컨트롤하세요."

영석의 말이 내포하고 있는 의미는 너무나 거대하고 깊어서 정신이 아찔할 정도였다.

지금 영석은 강춘수에게 어마어마한 책임감을 부여하는 것이다.

'자의적으로 판단하고, 알아서 커트해 낼 것은 커트하라'는 의미였다.

하지만 강춘수는 유능한 사람이었고, 오랫동안 영석을 지켜봐 왔다.

"알겠습니다."

자연스레 답에서 자신감이 묻어 나왔다.

"그 대가로, 저는 춘수 씨에게 한 해 총상금의 1%를 매년 지급할 겁니다. 이건 한신은행과 상관이 없는 별도의 계약으로 처리해 주세요. 아, 진희도 비슷하게 생각할 테니, 혜수 씨에게도 똑같이 적용될 겁니다."

"……."

그것만 해도 강춘수가 별도로 받는 액수가 굉장히 커진다.

앞으로 영석이 참가할 대회 중 가장 적은 상금도 30만 달러는 가볍게 넘기 때문이다.

파라락—

고개를 가볍게 숙인 강춘수를 일견한 영석은 종이를 넘기며 입을 뗐다.

"그럼, 그 얘기는 그만하고… 일정을 보죠. 5월 롤랑가로스, 6월 윔블던, 8월 US 오픈……. 어라?"

영석은 자료를 보다가 고개를 들어 강춘수를 직시했다.

"롤랑가로스까지의 일정이 너무 느슨하지 않아요? 이때 열리는 ATP250 이상의 대회만도 스무 개는 될 텐데?"

영석이 보고 있는 일정표에는 5월까지의 일정이 몇 개 안 적혀 있었다.

"정확히는 스물다섯 개입니다. 일정이 겹치는 대회가 많아서 이것들을 제하고, 최대한 진희 선수와의 동선을 고려한 스케줄입니다."

스물다섯 개.

2월부터 5월까지에만 그 정도의 대회가 열리는 것이다.

모든 대회에 참가하는 것은 물리적으로 불가능하지만, 어쨌든, 이처럼 많은 대회가 선수들을 기다리고 있다는 것 자체가 사람을 질리게 했다.

"두바이, 인디언 웰스, 몬테카를로, 로마……. 굵직굵직한 대회들뿐이네요."

"이제 격이 생겼으니까요."

"……."

이번 호주 오픈 우승으로 인해 영석의 세계 랭킹은 10위까지 치솟았다.

—톱 10.

호주 오픈 우승의 쾌거와 더불어 엄청난 업적을 달성한 것이다.
동양인이 톱 10에 들어간 것도 굉장히 드문 일인데, 하물며 한국인이 톱 10이라니…….
박정훈에게 연락이 쏟아진 것도 이해는 됐다.
"많은 것들이 바뀌겠군요."
영석은 심유한 눈빛으로 입을 열었다.
"…네."
대답하는 강춘수의 어조도 깊었다.

*　　　*　　　*

와락!!
진희가 진이 빠진 얼굴로 영석에게 안겨왔다.
이 말괄량이는 호주 오픈의 아쉬움을 그새 털어낸 듯, 얼굴에 한 점 구김이 없었다.
조금 피곤해 보이긴 했지만, 얼굴에서 햇빛이 쏟아지는 것 같은 맑음이 느껴졌다.
"잘 놀다 왔어?"
영석은 그런 진희를 아기 새 다루듯 소중히 다뤘다.
쓰다듬는 손길에서 애정이 뚝뚝 묻어난다.
"와, 돈 엄청 썼어!!"
영석의 품에서 떨어진 진희가 자신이 사고 온 것들을 가리키며 영석에게 자랑했다.
"옷이랑, 가방이랑, 목걸이랑… 아, 우리 부모님이랑 어머님, 아버님 것들도 다 샀어. 이러다 거지 되는 거 아닌가 몰라."

진희의 푸념 아닌 푸념이 영석의 눈에는 귀엽게만 보였다.

"그럼 내 것도 쓰면 되지. 아무튼, 나갈 준비 하자."

진희가 자신의 몸을 내려다보고는, 영석을 한번 흘금거렸다.

"내 남자. 멋있는데?"

그러고 보니 영석이 입고 있는 옷이 굉장히 말끔했다.

청바지에 검은 티를 걸쳤을 뿐이지만, 늘 스포츠 웨어만 입었어서 그런지 그 갭(gap)으로 인해 상대적으로 더 말끔해 보이는 것이다.

"나도 옷 갈아입고 올게."

진희는 후다닥 쇼핑백을 집어 들고 자신의 방으로 향했다.

피식.

영석은 그 모습을 행복한 눈길로 쫓았다.

우승 후, 일행 전부가 다 같이 맞이하는 외식이 기다리고 있기 때문이다.

*　　　　*　　　　*

조금은 왁자지껄하지만, 그건 그것대로 온화한 분위기를 자아낸다.

부드러운 조명의 빛이 조금씩, 아주 조금씩 사람들의 마음을 비집는다.

서로의 눈빛, 목소리로 유대감이 쌓여 그들만의 공간을 만들어낸다.

"와……. 예전 생각 나네요."

식사를 마치고 자신 앞에 놓인 상자를 보며 입을 귀에 걸고 있는 영석이 행복하게 웃으며 말했다.

진희의 앞에도 똑같은 상자가 예쁘게 놓여 있었다.

"열어봐."

한민지가 나서서 종용했고, 영석이 먼저 조심스러운 손길로 상자를 열었다.

달칵—

"……."

영석의 눈에 자리 잡은 것은 시계였다.

그 어릴 적 어른들에게 받았던 오메가 시계다.

모델이 같았는지 색상이 조금 다를 뿐, 만듦새가 비슷했다.

"이게 올해 나온 같은 라인의 모델이래. 한국에서 사 왔다. 결과랑 상관없이, 너희에게 주려고. 한편으로는 테니스 선수한테 시계가 꼭 필요한지 걱정도 되는구나. 괜찮니?"

"…보기만 해도 행복한걸요. 예전에 주신 것도 잘 보관하고 있어요. 의미가 중요하니까요. 고마워요."

영석은 일어나서 일행을 향해 고개를 숙였다.

그리고 시계를 냉큼 찼다.

그때나 지금이나 시계도 변함이 없고, 행복함도 변함이 없다.

"어릴 땐 안 어울렸는데, 이제 제법 폼이 나는구나."

이현우가 피식 웃으며 영석에게 말했다.

영석도 마주 웃었다. 놀랍도록 닮은 미소가 부자(父子)의 얼굴에 스며들어 있었다.

바스락—

그리고 한구석에 켜켜이 쌓여 있는 카드들.

예전과 마찬가지로 영석에게 힘이 되는 글귀가 적혀 있었다.

그중에서도 영석의 눈을 사로잡는 카드가 있었다.

—형이 최고야.

'태수…….'

저만치에서 이 분위기가 부끄러운지, 머리를 긁적이고 있는 태수가 보였다.

다리 위에 놓인 라켓이 영석의 눈을 파고든다.

"이놈이 잘 때도 안고 잔다니까요."

태수의 모친이 영석의 시선을 느꼈는지, 너스레를 떨며 태수의 머리를 쓰다듬는다.

영석이 빙그레 웃으며 태수에게 말했다.

"고마워."

"……."

태수는 얼굴을 붉히고 고개를 끄덕일 뿐이었다.

영석이 그런 태수를 푸근하게 바라보다가 진희에게 고개를 돌려 말했다.

"뭐 해, 너도 열어봐."

"…응."

진희는 벌써부터 반짝거리는 눈물을 눈꼬리에 달고 있었다.

달칵—

상자를 열고 영석과 똑같은 모양의 크기만 다른 시계를 냉큼 왼 손목에 찬 진희는 마찬가지로 쌓여 있는 카드들을 읽었다.

그리고… 한 줄기 눈물을 내려보냈다.

준우승을 하며 쌓아둔 아쉬움과 설움이 선물에 담긴 애정과 위로라는 격류를 만나 휩쓸려 간 것이다.

"…고… 마워… 요."

일행은 따뜻한 미소로 진희를 격려했다.

* * *

삼 일 동안의 휴식이 끝났다.

영석과 진희는 물론이고, 일행 모두 행복한 시간을 보내는 것에 몰두했다.

쇼핑을 하고, 관광을 하고, 심심하면 코트로 가서 놀이 수준이지만 공을 주고받기도 했다.

기념 촬영 또한 '무지막지'하게 많이 했다.

"자자, 사진입니다. 각자 한 묶음씩 챙겨 가세요."

멜버른 공항.

일행은 모두 공항으로 나와, 다시 각자의 삶에 뛰어들 준비를 하고 있었다.

영석과 진희, 최영태와 강춘수, 강혜수를 제외한 일행은 다시 한국으로 돌아가야 하는 것이다. 박정훈과 김서영은 '한국인 소년, 소녀의 호주 오픈 활약'에 대해 길고 긴 특집 기사를 마무리하기 위해 한국으로의 귀국을 결심했다.

"이게 뭐예요?"

박정훈이 나눠 준 사진을 받아 든 일행은 무심코 손에 놓인 사진을 바라봤다.

"……!!"

"우와!!"

"잘 나왔네."

각자 감탄을 쏟아내며 한 장씩 천천히 살폈다.

눈에서 여러 감정들이 빠르게 켜켜이 쌓여간다.

그리고 한 번씩 박정훈을 보며 감사의 인사를 전했다.

박정훈이 쉬는 내내 카메라맨의 역할을 해준 것이다.

자연스러운 사진, 일상적인 사진, 잔뜩 긴장한 채 찍은 사진… 수많은 사진들이 일행의 손에 쥐어져 있었다.

"박 기자님. 이거 액자로도 가능할까요?"

영애가 사진 한 장을 들고 박정훈에게 다가가 물었다.

사진엔 각자의 트로피를 들고 있는 영석과 진희를 품 안에 안은 영애의 행복한 모습이 담겨 있었다.

"나도!!"

"나, 나도!"

각자가 마음에 드는 사진이 있는지, 박정훈에게 벌 떼처럼 몰려든다.

끼릭-

태수는 한 손으로 휠체어를 끌고 한 손으론 사진을 휘두르며 외쳤다.

"나도요!!"

무릎 위에 우승 트로피를 올려놓고, 한 손으로 영석에게 받은 라켓을 번쩍 치켜든 태수와, 태수의 뒤에서 산뜻한 웃음을 머금은 영석의 모습이 따뜻하게 담긴 사진이었다.

"물론 가능합니다. 주소지만 알려주시면, 원하시는 사진을 액자로 만들어 배송이 되게끔 하겠습니다."

박정훈은 밀려드는 민원(?)에 난처한 기색을 보이며 사람들을 진정시키려 했다.

* * *

"한국엔 안 가도 되겠어?"

영석과 진희의 부모님을 남겨두고, 나머지 일행은 모두 게이트 안으로 들어갔다.

한민지가 아쉬운 눈으로 영석에게 말했다.

"가봤자 피곤하기만 할 텐데요 뭘. 선수는 몸을 움직여야죠."

영석은 확고한 의지를 담아 답했다.

"…그래."

전대미문의 우승.

그리고 준우승.

한국에서는 영석과 진희의 귀국을 애타게 기다리고 있었다.

두 선수가 허락만 했다면, 방송 스케줄로도 1주일을 꼬박 채울 수 있을 정도의 관심이 이 둘에게 쏟아졌다.

하지만 영석과 진희는 한국 언론들을 모아 간단히 기자회견을 열어 문답을 하는 것으로 그쳤다. 당장 2월 말에 시작되는 대회에 참가하기 위해서다.

늘어진 몸을 다시 팽팽하게 가다듬는 작업에만 1주일 이상이

걸릴 것 같다는 판단이 들어서, 지금은 잡다한 일을 할 여유가 없었다.

"가서 유명세에 취하느니, 감 떨어지지 않게 시합에 꾸준히 참여하는 게 합당한 일이지."

이현우가 고개를 끄덕이며 영석의 의견에 동조했다.

"진희는?"

한민지가 저 옆에서 자신의 부모님과 인사를 나누는 진희를 힐끔 보고는 물었다.

"우선 둘이 같이 플로리다에 가서 한 일주일 정도 다시 컨디션 끌어 올리고, 두바이에 가려고요. 진희는 2월 17일, 저는 2월 24일이 시합 일정이에요."

"조금 빡빡한 것 같기도 하고, 넉넉한 일정 같기도 하구나. 잘 쉬고, 진희한테 힘도 불어넣어 주고."

한민지는 여전히 진희를 보고 있었다.

선물받은 것도 그렇고, 지금은 아무렇지 않은 듯 맑은 웃음을 띤 상태이지만, 마음 한구석에 짙은 패배감이 똬리를 틀고 있을 것이다.

준우승이 아쉬운 것은 아니다.

그것만으로도 진희는 세계적인 선수의 반열에 들었다.

진희 본인은 물론이고, 어느 누구도 그 업적을 과소평가하지 않는다.

문제는, '늘 졌던 선수에게 또 진 것'이다.

그것이 진희를 우울의 늪에 빠뜨렸던 것이다.

넘을 수 없게 느껴지는 벽을 만난 아쉬움이다.

"그럼요. 제가 안 하면 누가 하겠어요."

영석은 빙긋 웃으며 한민지를 안았다. 그리고 이현우도 가볍게 안았다.

"몸조심하시고요. 테니스도 재밌게 치고 계셔요. 아버진 이제 그만 동호인 랭킹 1위 달성하시고요. 엄마도 영애 이모랑 계속 재밌게 테니스 치고 계셔요."

"오냐. 아들내미가 세계 최고인데, 나도 힘내야지!"

이현우는 영석의 등을 팡팡 때렸다.

한민지도 빙긋 웃으며 영석의 팔을 쓰다듬었다.

"간다. 건강관리 잘하고, 먹는 거 조심하고."

"네. 조심히 돌아가세요!"

영석과 진희는 그렇게 다시 '선수'로서의 자신으로 돌아가게 되었다.

영석은 가만히 자신의 손에 놓인 사진을 들여다봤다.

"다시 힘내자."

*　　　*　　　*

"오늘은 뭐 읽어?"

옆자리에 앉은 진희가 영석의 어깨에 고개를 기대며 물었다.

"어쩐 일로 안 자고 있대?"

영석은 능글맞게 놀렸고, 진희는 그런 영석의 배를 손가락으로 눌렀다.

물컹한 느낌이 하나 없이 돌덩이를 찌르는 기분이었지만 말이다.

"잠이 안 와서 그랬다, 왜."

"하하… '80일간의 세계 일주'라는 소설 보고 있어."

영석이 책을 덮으며 표지를 보여줬다.

'쥘 베른'이라는 이름이 진희에게는 낯설었다.

"무슨 내용인데?"

진희가 묻자 영석은 몇 번 입을 우물거리다가 책을 진희에게 건넸다.

"네가 읽어봐. 재밌으니까."

"응!"

영석은 자신의 취미에 관심을 가져주는 진희가 기특한지 옅게 웃으며 가방을 뒤적거려 또 한 권의 책을 꺼냈다.

팔락— 팔락—

그렇게 다시 좌석엔 책장 넘기는 소리만 남았다.

제법 재밌었는지, 진희는 눈을 빛내며 초반부를 탐닉하듯 읽어재꼈다.

"……."

"커……."

10분도 안 돼 영석의 어깨에 기대 잠들었지만 말이다.

*　　　*　　　*

"샘!!!"

비행기에서 내린 영석과 진희는 반가운 얼굴이 보이자 손을 흔들었다.

"오 마이 갓!!"

몇 년 전과 별다른 차이가 없는 쾌활한 사내, 샘이 뛰어와 영석과 진희의 품에 안겼다.

이제는 진희보다도 작았기 때문이다.

"이게 누구야!! 위대한 선수들!! 호주 오픈 우승자와 준우승자라니! 영광스럽구나!!"

"에이… 얼굴 빨개지게 왜 그래?"

진희가 파하하 웃으며 샘의 등을 팡팡 친다.

영석도 난처한 미소를 머금고 있었다.

"아참, 배고프겠다. 짐 이리 줘."

"아냐. 이걸 왜 샘이 들어."

영석은 샘의 호의를 정중히 사양하곤, 자신이 진희의 짐까지 들었다.

"무겁지도 않고."

씨익 웃는 영석의 미소가 포근하다.

마음의 고향처럼 느껴지는 이곳, '플로리다'에 도착했기 때문이다.

"제시!!"

진희는 아카데미에 들어오자마자, 제시부터 찾았다.

제시는 여자 기숙사를 총관리하는 직원으로, 군인 같은 분위기를 풍기는 딱딱한 여자다.

와락—

기숙사 앞에서 제시를 부른 진희가 그대로 제시를 안았다.
제시도 어쩐 일로 경직된 얼굴을 풀고 진희의 등을 두드리며 환영의 인사를 건넸다.
"진희가 제일 친했던 건 아이러니하게도 동료 선수가 아니라 제시였어."
샘의 말에 영석도 고개를 끄덕이며 동조했다.
'선수들은 매년 바뀌지. 재능이 없어서, 다른 진로로 가기 위해, 다른 아카데미를 경험해 보기 위해…….'
TAOF(Tennis Academy of Florida)의 직원들은 예외다.
영석과 진희가 매년 아카데미를 방문하면, 늘 같은 얼굴로 환영해 준다.
정이 안 생기려야 안 생길 수 없는 것이다.
"진희야~! 짐 풀고 밥 먹자!"

*　　　　*　　　　*

짐을 방에 풀고 밥까지 맛있게 먹은 영석과 진희는 최영태를 대동하고 TAOF(Tennis Academy of Florida)의 여러 사무실 중 하나인, 샘의 사무실에 들어와 있었다.
"연락받고 굉장히 놀랐어."
"컨디션을 끌어 올리려고 했더니, 생각나는 곳이 여기밖에 없더라고. 한 일주일 정도 머무를까 하는데, 괜찮을까?"
영석이 자연스럽게 대화를 이끌어 나갔다.
이상하게도 플로리다에만 오면 어울리지도 않게 외향적인 사람처럼 굴게 된다.

'어렸을 때 와서 그런가.'

영어가 부족한 진희를 대신해서 온갖 커뮤니케이션을 담당했던 전력이 있어서 그런 것일지도 모른다.

"우리야 언제든 너희를 환영하는 바야. 앞으로도 종종 너희 편할 대로 아카데미를 활용하길 바라. 너희라면 모든 시설을 조건 없이 오픈할 테니까."

샘이 대담한 선언을 했다.

아카데미에서 학습을 하는 과정의 액수를 생각해 본다면, 샘은 지금 영석과 진희에게 큰 호의를 베풀고 있는 것이었다.

"…고마운 얘기네."

영석이 순순히 고개를 끄덕이자, 샘이 머리를 긁적이며 첨언했다.

"사실 너희 같은 우수한 선수들이 우리 시설에서 유소년 시절을 보냈다는 거 하나만으로, 운영에 큰 도움이 되고 있어. 지금은 우리가 대가를 지불하고 초청해야 할 수도 있는 일이지."

샘은 여전히 복잡스러운 알고리즘을 거친 말을 내뱉지 않는다.

그냥 순수하게 대하고, 솔직하게 말한다. 그것이 늘 영석에겐 살갑게 느껴졌다.

"늘 고마워."

"고맙긴. 전에도 말했지만, 우리는 언제나 너희를 서포트할 준비가 되어 있어. 필요한 게 생기면 부담 갖지 말고 언제든 말해줘."

그러고 보니, 샘은 영석과 진희가 프로로서 성공을 수확하기 전에도 언제든 TAOF를 의지하라고 말했었다.

'많은 돈이 들어서 부모님께 죄송했지만, 사실 최고의 선택이었어.'

1년 내내 해외를 돌아다니는 영석과 진희에게 베이스캠프의 역할을 할 수 있는 시설이 있다는 것은 굉장한 위로가 된다. 육체적으로, 정신적으로 좋은 컨디션을 유지할 수 있다는 뜻이기 때문이다.

이런 것은 돈으로 해결되지 않는 일이다.

쌓아온 세월과 정이 있어야 가능한 일이다.

그렇게 샘과 영석 일행은 도란도란 얘기의 꽃을 피웠다.

Chapter 51
제의

"헉헉……."

영석과 진희는 육상용 트랙에서 비지땀을 흘리며 거친 숨을 몰아쉬고 있었다.

"방금 전보다 느려졌잖아!!"

최영태는 대번에 호통을 치며 영석과 진희를 나무랐다.

'죽겠네…….'

무릎을 짚고 땅으로 뚝뚝 떨어지는 땀방울을 지켜보던 영석이 나지막이 탄식했다.

호주 오픈이라는 큰 무대를 처음부터 끝까지 달렸던 것에 대한 반동은 생각보다 컸다.

수치로 표현할 수 없는 감각적인 능력들은 무디기 짝이 없어졌고, 신체는 계속해서 무저갱에 빠진 것처럼 허우적대기만 했다.

꿈에서 쌈박질을 하는 기분이었다.
단순함.
둘의 상태를 지켜본 최영태의 극약 처방이었다.
수영과 육상으로 신체와 정신에 피로를 부여하고, 그 자극으로 조금씩 정신적인 감각을 깨우려는 시도가 이어졌다. 그리고 기구를 이용한 근육 자극을 통해 잠들어 있는 신체를 깨우려는 것 또한 함께 진행됐다.
"정신 차려. 조금이라도 멍한 상태에서 달렸다가 어디 다치기라도 했다간 괜히 고생이다."
최영태가 수건을 던지며 말했다.
수건을 받아 든 영석이 땀을 닦으며 말했다.
"이 상태로는 공 치면 안 되겠네요, 정말."
㎜ 단위의 타점을 조율하기 위해서는 예리하게 벼린 정신이 필요하다.
그래야 '프로'라는 타이틀을 걸고 시합에 나갈 수 있다.
'한 이틀 걸리겠네.'
육체를 지배하는 건 정신이지만, 정신을 변화시키는 건 육체다.
육체의 컨디션을 끌어 올려야 정신적인 부분도 가다듬을 수 있다.
지금은 딱히 자극을 줄 수 있는 기회가 없어 보여서 답답했다.
"자, 다시……. 이영석 넌 한 바퀴만 더 돌자."
최영태가 호루라기를 입에 물고 영석과 진희를 출발선에 세웠다.
"진희는 이번엔 인터벌로 하자. 저 둔한 놈보다는 네가 더 빨리 정신을 차릴 수 있겠구나."

영석은 그 말에 쓰게 웃음을 짓고는 가지고 있는 타이머를 누르곤 몸을 던졌다.

* * *

"영석 선수, 훈련 중에 죄송합니다만……."

누운 상태에서 원형의 추를 손에 들고 몸을 일으키고, 그 상태로 팔을 쭉 펴고 좌우로 한 번씩 상체를 비틀고 있는 영석에게 강춘수가 다가가 말을 걸었다.

"아, 네. 춘수 씨, 말씀하세요."

"훈련은 잘 진행되고 있는지요?"

"말도 마요. 진희랑 나랑 공도 한 번 못 만져봤어요."

영석이 한쪽에서 강렬한 근육 트레이닝을 하고 있는 최영태와 진희를 가리키며 고개를 저었다. 바로 옆이라 목소리가 잘 들렸다. 한국어로 대화가 이루어지고 있어서 샘은 어깨를 으쓱였고, 영석은 몸을 일으켜 샘에게 물었다.

"그보다 어쩐 일이에요? 춘수 씨가 이렇게까지 와야 할 일인가요?"

"샘에게 연락이 왔습니다. 바볼랏에서 계약에 대해 논의할 게 있다고……."

영석이 잠시 생각을 하더니, 쌈빡하게 물었다.

"응? 그건 춘수 씨와 혜수 씨가 처리할 수 있는 일 아네요?"

"물론 그렇습니다만, 직접 선수를 찾아뵙고 선물을 드리고 싶다고 하네요."

선선히 고개를 끄덕인 영석이 대답했다.

"알았어요. 1시간 후쯤에 만나서 같이 갑시다."

가볍게 고개를 숙인 강춘수가 자리에서 떠나자, 영석은 살금살금 최영태와 진희를 향해 움직였다.

둘은 굉장히 진지한 분위기로 말을 주고받고 있었다.

"진희야. 네가 발전시킬 수 있는 부분은 어떻게 보면 단순해."

어깨와 등 운동을 마친 진희의 날개뼈 부근의 근육이 볼록 솟아 있었다.

옷을 입고 있음에도 시선이 절로 가는 아름다운 근육이었다.

진희가 가만히 고개를 끄덕이자 최영태가 말을 이었다.

"반사 신경과 민첩함을 훼손하지 않을 정도의 근육의 발달이 필요해."

"힘… 이 부족한 건가요?"

진희의 물음에 잠시 말을 멈춘 최영태가 잠시 상념을 하더니 말을 정리했는지, 다시 설명을 이었다.

"아무도 네가 힘이 부족하다곤 하지 않아. 쉽게 말을 해서, 공에 실린 힘 그 자체만 놓고 봤을 때는 너도 충분히 프로에서 최상위에 속해. 공이란, 힘이 아니라 집중력과 타이밍에 의해 파워가 달라지니까."

"……"

영석도 뒤에서 고개를 끄덕이며 동조했다.

'진희의 집중력과 터치 감각, 그리고 센스까지 더하면… 공은 강하게 나가지.'

"하지만 상대방의 힘을 역이용할 수 있는 랠리에서와 달리, 스스로 강한 공을 만들어내는 것에 조금 아쉬움이 있어."

최영태는 조리 있게 설명을 이었다.

"그게 가장 두드러지는 건 서브지. 물론, 서브를 힘으로 친다는 건 어불성설(語不成說)이지만, 그럼에도 불구하고 서브가 유독 다른 부분에 비해 약해. 네 폼이 잘못된 건 아니야. 이게 뜻하는 바는 단순해. 네 절대적인 힘이 약하다는 게 아닌, 다른 신체 능력에 비교해서 근육이 부족하다는 거야. 즉, 온몸을 효율적으로 이용하지 못하고 있다는 걸 뜻해."

"그래요? 나름 보완한다고 했는데……."

진희가 고개를 갸웃하며 자신의 몸을 조심스레 만졌다.

영석의 머릿속으로 자잘하게 쩍쩍 갈라진 진희의 등 근육이 떠올랐다.

'진희의 잠재력이 너무나 크다는 거지.'

진희의 신체는 불균형한 상태였다.

신체의 발달이 미진한 것이 아닌, 드러나지 않는 감각적인 능력이 너무나 우월하기 때문이다.

"등은 괜찮아. 어깨랑 허리, 복근 쪽에 신경을 쓰자. 특히 어깨는 예민한 관절이니까, 무리하지 않는 선에서 계속해서 근육에 자극을 주는 쪽으로 진행하자. 근육의 양과 질 모두를 천천히 변화시켜야 해. 오래 걸리는 일이니까 조급해하지 말고."

"네!"

진희는 최영태의 설명이 끝나자 비칠거리며 바닥에 철푸덕 앉더니, 이내 드러누웠다.

그리고 그제야 뒤에서 멀뚱히 서 있는 영석을 발견했다.

"뭐 해?"

진희의 물음에 최영태도 고개를 돌려 영석을 발견하고는 인상을 찌푸렸다.

"할 건 다 했어?"

"물론이죠."

영석은 씨익 웃으며 답했다.

상의를 살짝 걷어 올리자, 벌겋게 부어오른 복근과 활배근이 짐승의 것처럼 꿈틀거렸다.

"아, 아까 춘수 씨가 다녀갔는데, 바볼랏에서 연락이 왔대요. 선물을 준다던데… 이따 가봐도 괜찮을까요? 코치님도 같이요."

"난 찬성!"

그 말에 진희가 쾌활하게 외쳤고, 최영태는 시계를 힐끗 보더니 고개를 끄덕였다.

"그래. 얘기 듣고, 밥 먹고 다시 훈련이다."

*　　　　*　　　　*

"왔어?"

샘이 자리에서 일어나 일행을 반겼다.

영석과 진희, 최영태가 소파에 앉았고, 강씨 남매는 뒤에 서 있었다.

"왜 서 있어요. 앉지……."

영석의 푸념 아닌 푸념에 강춘수가 난처하게 웃으며 강혜수를 끌고 자리에 앉았다.

"소파 많으니까 다들 앉아요. 커피? 홍차?"

샘은 각자에게 주문을 받은 후, 직접 포트를 켜 물을 끓이기 시작했다.

커피를 내리는 기계와 한쪽 벽을 빼곡히 장식한 여러 종류의 홍차가 눈을 즐겁게 했다.

탁.

이윽고 각자의 앞에 차가 놓이자 모두 향을 즐기며 한 모금 마셨다.

샘이 빙긋 웃어주며 물었다.

"이 자리에서 너희가 라켓 계약했던 거 기억나?"

영석이 고개를 끄덕였다.

진희는 그때가 떠올랐는지, 영석을 보고 사랑스럽다는 눈빛을 마구 뿌렸다.

샘도 마침 그 장면이 떠올랐는지, 영석과 진희를 귀엽다는 듯 바라봤다.

"그때 너희한테 어필하는 거에 성공한 바볼랏(Babolat) 세일즈맨 한 명이 어떻게 알았는지, 너희가 우리 아카데미에 있다는 걸 알고 연락을 해왔어. 그래서 에이전트 강에게 연락을 했고. 뭐 흥미로운 얘기니까 재밌게 들을 수 있으면 좋겠어."

우승을 한 영석은 물론이고, 진희 또한 준우승을 하며 10위권에 안착해 있었다.

이런 상황이라면, 라켓 제조사에서 연락이 올 법도 하다. 테니스 시장에서 이 둘의 가치는 너무나 크다. 심지어 어느 기업도 이 둘을 꽉 붙잡고 있지 않은 상태.

샘의 말이 충분히 이해가 됐다.

"좋아."

승낙과 함께 샘은 어디론가 전화를 걸었고, 채 5분이 지나지 않아, 노크 소리가 울렸다.

"들어와!"

샘이 허락하자 벌컥 문을 열고 나타난 남자는, 테니스 백 큰 걸 양어깨에 하나씩 메고 사무실로 들어왔다.

그 남자는 여유롭게 웃으며 샘에게 다가갔다.

샘이 소개를 시작했다.

"바볼랏의 플로리다 담당자 마크야. 플로리다는 세계에서 가장 훌륭한 아카데미 세 곳이 모여 있는 곳이라, 마크 같은 유능한 직원이 맡고 있지. 영석과 진희는 한번 봤었지?"

고개를 끄덕인 영석이 자리에서 일어나 마크에게 다가가 악수를 청했다.

"반가워요. 라켓 잘 쓰고 있습니다."

"호주 오픈 우승 축하드립니다. 예전에 만났던 선수가 우승을 하는 모습을 보니 기분이 좋더라고요."

그 뒤를 이어 진희도 인사를 청했다.

"오! 비너스를 격침시킨 최고의 선수! 만나서 영광입니다."

마크의 너스레에 진희가 상큼하게 웃으며 답했다.

"고마워요. 다음엔 세레나도 이길 거랍니다."

"물론이죠. 곧 그렇게 될 거라 생각합니다."

마크는 넉살 좋게 응대를 하고 다른 일행들과도 인사를 나누었다.

특히 에이전트인 강춘수, 강혜수와는 명함을 주고받으며 조금 더 오래 얘기를 나눴다.

이윽고 어느 정도 자리가 정돈되자, 마크는 설명을 시작했다.

“저는 돌려 말하는 걸 좋아하지 않습니다. 오늘 제가 샘에게 여러분과의 주선을 요청한 것은 크게 세 가지 이유 때문입니다. 첫째는 계약 갱신에 대한 얘기입니다. 기존의 조건은 두 선수분이 ‘유망주’였을 때의 조건이었습니다. 지금의 두 선수의 격과는 맞지 않는 조건이죠. 본사에서는 제가 두 선수분에게 당장 계약 갱신을 권유하길 바라고 있습니다. 조건은…….”

마크가 말하는 조건은 상당히 파격적으로 느껴지는 조건이었다.

기존의 조건이 조금의 계약금과, 일정 규모 이상의 대회를 참가할 시 라켓과 스트링의 제공이었다면, 지금 마크가 제시하고 있는 조건은 그 수십 배의 계약금을 포함한 조건이었다.

사실 이런 계약 조건에 관한 것은 에이전트가 일임하는 것이 맞았지만, 그걸 아는 바볼랏에서도 굳이 선수들과의 직접 면담을 청한 이유가 궁금했다.

영석은 느긋하게 오늘의 이 상황을 즐기기로 했다.

“잠시만요. 세 가지나 되니, 한 가지씩 듣고 일행과 상의를 해도 될까요?”

영석이 부드러운 어조로 묻자 마크는 흔쾌히 고개를 끄덕였다.

곧 일행들끼리 대화가 시작되었다.

영석은 그 무엇보다 진희의 의견을 먼저 구했다.

가장 먼저 진희가 착오를 할 수 있는 요소부터 언급하며, 생각을 올바르게 하게끔 이끌었다.

"계약금은 중요하지 않아, 진희야. 선수에게 중요한 건 '이 라켓이 나랑 잘 맞는가'라는 것 단 하나야. 지금 쓰고 있는 라켓은 괜찮은 거 같아? 안 맞으면 업체를 바꾸면 그만이야. 이제 우리는 계약에 허덕일 이유가 없어. 지금 우리는 '선택하는' 포지션이야."

진희가 쓰고 있는 라켓은 퓨어 드라이브 모델이다.

푸른색과 흰색의 줄무늬 문양이 상큼하게 적용된 라켓으로, 공전의 히트를 치고 있는 라켓이다. 앤디 로딕이 쓰고 있는 라켓이기도 했다.

기본적으로 라켓의 강성이 높아 공에 큰 반발력을 주기에 용이하다.

진희는 두말할 것 없다는 듯 고개를 끄덕였다.

"이 라켓은 테니스를 본격적으로 시작할 때부터 휘둘렀던 거야. 안 맞을 리 없잖아? 영석이 네가 골라준 건데."

답을 하는 진희의 눈에는 굳건한 신뢰가 서려 있었다.

애당초, 윌슨이나 프린스 같은 브랜드를 차치하고 바볼랏과 계약한 것도 진희의 의견이 크게 작용했었다.

라켓은 별거 아닌 것 같아도, 조금의 차이가 큰 결과의 차이를 만들기도 한다.

특별히 맞지 않는 구석이 없다면, 어렸을 때부터 사용했던 라켓을 계속 사용하는 것도 좋다.

영석이 부드럽게 웃으며 진희의 말에 호응했다.

"나도 지금 쓰고 있는 라켓이 내 스타일에 가장 맞는다고 생각해. 그럼 바볼랏과의 계약은 계속 이어가자고."

최영태를 비롯해서 강춘수와 강혜수는 그런 둘의 의견에 이렇다 할 의견을 제시하지 않았다.

누가 뭐래도 라켓을 이용하고 있는 건 선수이고, 그런 선수의 의견이 가장 중요하기 때문이다.

결론을 내린 영석이 일행을 대표해서 마크에게 답했다.

"우선 바볼랏과의 계약을 이어가는 것엔 긍정적으로 생각하고 있습니다. 자세한 얘기는 저희 에이전트와 말씀 나눠주세요."

샘과 도란도란 얘기를 나누고 있던 마크는 빙긋 웃으며 입을 열었다.

"반가운 얘기군요. 가장 큰 산이 이렇게 부드럽게 넘어가게 돼서 다행입니다. 저희는 두 선수가 오랫동안 저희의 라켓을 사용해 주길 바라고 있습니다. 젊고, 에너지 넘치고, 강인한 정신력을 잘 보여주고 계시거든요. 그럼 오늘의 두 번째 용건에 대해 말씀드려야겠군요. 사실 불편하실 수도 있고, 번거로울 수도 있는 오늘의 이 자리를 요청한 것은 두 번째 이유 때문입니다."

"……."

일행은 침묵으로 답을 대신했고, 마크는 제법 자신만만한 어조로 말했다.

"저희는 이번 기회에 두 선수에게 맞춤형 라켓을 제작해 드리려고 합니다."

*　　　*　　　*

"라켓 맞춤 제작?"

진희가 고개를 갸웃하며 중얼거렸다.

당최 무슨 말인지 이해를 못 하고 있는 듯했다.

'진희는 잘 모를 수도 있지.'

영석은 진희가 모르고 있는 이 상황을 이해했다.

프로 생활이 벌써 3년 차다. 공공연하게 맞춤 제작이라는 행위가 일어나고 있다는 것을 모를 수는 없는 일이지만, 영석이 라켓이며 스트링 등 누구보다 세밀하게 진희의 신체에 맞춰 세팅을 해놨었기에, 진희는 굳이 관심을 가지지 않았었다.

진희는 이번 기회에 들어보겠다는 듯, 눈을 반짝였다.

"……."

한쪽에 있던 최영태는 그게 무슨 말을 뜻하는지 잘 알고 있는지 조용히 침묵을 지키고 있었다.

설명은 마크의 몫이기 때문이다.

마크는 궁금증을 보인 진희를 중점적으로 보며 설명을 이었다.

사람들의 앞에서 말을 하는 법을 알고 있다는 방증이다.

"지금 두 선수에게 제공되고 있는 라켓은, 시중에 풀린 같은 모델의 라켓과 거의 유사합니다. 영석 선수는… 그때 당시 10g 정도 더 무거운 라켓을 원하셔서 무게만 다르게 했지요. 그 외의 요소들은 일반인들에게 제공되는 라켓과 다 똑같습니다."

"그건 알고 있었죠. 그래서 맞춤이 정확히 뭐예요?"

진희가 순진무구하게 물었다.

마크는 머리를 긁적이며 설명을 이었다.

"제조사로서 공공연히 떠들 수는 없는 일이지만, 각 라켓 제조사들은 선수들에게 맞춤형 라켓을 제공해 드립니다. 물론 수만 명이나 되는 선수들에게 다 그렇게 편의를 봐드릴 순 없죠. 그렇게 생산할 수는 없는 노릇이니까요."

마크의 차분한 설명은 아이에게 기초부터 가르치는 선생처럼, 친절이 넘쳤다.

"사람은 각각 신체의 특성이 다릅니다. 손의 크기도 다르고, 넓이도 다릅니다. 팔의 길이와, 관절의 가동 범위도 다르죠. 스윙의 메커니즘 역시 천차만별입니다. 이 복합적인 요소들이 서로가 결합하며 무한한 특징을 낳습니다. 라켓의 특징… 예를 들면, 강성이나, 밸런스, 제조 원료, 스트링 패턴까지 다 다른 건 아시죠? 이렇게 라켓의 특징도 너무나 방대하기 때문에, 실제로 각 선수는 각자에게 최적화된 라켓을 만나기 어렵습니다. 그게 프로라면 더더욱 지난하고요. 여러분같이 톱 플레이어의 영역에서 경기를 하는 선수들은 이런 사소한 차이 하나하나까지 다 자신의 몸에 맞아야 합니다."

"……."

진희는 눈을 똘망똘망하게 뜨며 고개를 끄덕였다.

"설명드리는 것보다 직접 보시는 편이 낫겠군요."

마크는 메고 온 가방을 테이블 위에 얹었다.

무게감이 상당한 듯, 쿵— 하는 소리가 예사롭지 않았다.

부스럭—

"헤에……."

마크가 꺼내 든 건 칙칙한 검은색 일색의 라켓들이었다.

보기에는 다 똑같았지만, 그립 부분에 자그마한 테이프들로 식별을 해두고 있었다.

진희는 그 모습이 신기한지 몸을 일으켜 마크의 주변을 서성거렸다.

"이 가방에 들어 있는 라켓은 진희 선수가 쓰고 있는 모델의 내년 버전입니다. 1번부터 20번까지 써 있죠? 하나의 모델에서 스무 가지의 차이를 둔 라켓을 가져온 겁니다. 무게와 밸런스를 위주로 차이를 뒀습니다. 거트는 저희 회사의 최상급 천연 거트(Natural Gut)로 장력은 50을 기준으로 맞췄습니다. 하나의 기준점은 있어야 하니까요. 좀 이따 나가서 시타 한번 해보시죠."

진희는 마크가 허락하자 라켓을 하나하나 들어서 공중에 빈 스윙을 해댔다.

마크는 그런 진희를 씨익 웃으며 바라보고는 나머지 하나의 가방을 열어서 우르르 라켓을 꺼냈다.

진희와 마찬가지로 1~20번까지의 스티커가 붙은 검은색 라켓들이 테이블에 놓였다.

"영석 선수가 쓰고 있는 퓨어 스톰(Pure Storm)의 내년 버전입니다. 사실 이 라인은 아무래도 동호인들이 사용하기엔 조금 힘든 모델이라 인기가 없어서 2년 후에나 신모델을 선보일 생각이었습니다만… 영석 선수가 사용하신다면 얘기가 다르죠."

마크가 사람 좋은 미소를 지으며 영석에게 잡아볼 것을 종용했다.

"얍!"

자신의 라켓들을 갖고 놀던 진희가 영석의 라켓을 냉큼 집어 들었다.

"어?!"

진희는 자신의 손에 쥐인 라켓을 황당하다는 눈빛으로 바라 봤다.

"왜 이렇게 무거워? 360g 정도 되는 거 아냐?"

360g이면 절대적인 수치로는 전혀 무거운 무게가 아니었다.

하지만 테니스라는 종목에선 꽤나 무거운 축에 속하는 무게였다.

라켓을 빠르게 휘두르게 되면, 원래의 무게보다 훨씬 무거운 부하가 팔에 전달되기 때문이다.

그뿐인가.

공을 치는 순간 발생하는 충격량은 g의 단위가 아니다.

그래서 라켓은 반드시 무거울 필요가 없었다.

"영석 선수는 현재 저희가 제공하고 있는 335g 라켓을 일괄적으로 사용하고 계십니다. 지금 진희 선수가 드신 라켓은 가장 무거운 축에 속하는 시타용 라켓이라 360g입니다."

"오오……."

진희는 신기한 듯, 굳이 영석의 라켓까지 하나하나 다 들어봤다.

영석은 물끄러미 라켓들을 바라보다가 강춘수에게 말했다.

"춘수 씨, 혜수 씨."

"네."

"정말 죄송한데… 저희 방에 있는 라켓 좀 가져와 주실 수 있을까요? 아무래도 지금 쓰고 있는 라켓하고 비교해 볼 필요가 있는 거 같아서요. 죄송해요, 이런 일 부탁드려서."

"다녀오겠습니다."

강춘수는 괜찮다는 듯, 고개를 주억이며 강혜수를 이끌고 기숙사로 향했다.

"그럼 두 분이 오실 때까지 세 번째 조건에 대해 말씀드릴까 합니다. 아, 이 조건에 대해선 에이전트 강도 이미 인지하고 있습니다."

마크가 조용히 입을 열었고, 일행은 모두 검은색 라켓에서 눈을 떼고 마크에게 집중했다.

"세 번째 조건은, 내년에 선보일 퓨어 드라이브, 퓨어 스톰 라인의 메인 모델을 여러분께 부탁드리겠다는 내용입니다."

파격에 파격을 잇는 마크의 말에 영석마저도 입을 벌리고 있었다.

"……."

메인 모델.

하나의 제조사에선 보통 3, 4가지의 주력 모델을 앞세워 동호인과 아마추어에게 어필을 한다.

당대 최고의 선수들이 그 라켓을 사용하고 있다는 것 하나로, 소비자들은 일종의 만족감을 느끼게 된다.

—세계 최고의 서버 로딕이 선택한 라켓

이런 문구를 갖다 붙이는 것만으로도 소비자들은 자신의 서브도 좋아질 거란 기대를 조금씩 하는 것이다. 물론, 진실로 그렇게 믿는 사람은 없겠지만 말이다.

모델은 그래서 중요하다.

소비자들에게 어필할 수 있는 선수여야 하기 때문이다.

"진희 선수는 WTA의 유능한 선수로, 퓨어 드라이브에서 로딕 선수와 함께 메인 모델이 됩니다."

마크의 추가적인 설명에 영석은 고개를 끄덕였다.

보통 라켓 제조사가 하나의 모델을 선보인다고 할 때, 하나의 이름에서 가지처럼 뻗어나가는 서너 가지의 하위 모델들까지 선보인다. 많으면 열 가지까지도 분화된다.

퓨어 드라이브를 예로 들어 설명하자면 이렇다.

Pure Drive라는 이름은 하나의 대표적인 라인을 뜻한다.

이 이름을 단 시리즈는 아래와 같다.

Pure Drive Tour.

Pure Drive GT

Pure Drive Lite

Pure Drive Team

Pure Drive 107

…….

이런 식으로 기본적인 도색과 라켓 자재만 같게 하고, 나머지 스펙에서 차이를 둔다.

이렇게 하는 이유는 간단하다.

동호인엔 남/녀가 있고, 같은 성별에서도 각기 원하는 무게와 밸런스 등이 다르기 때문이다.

"모델이라……."

최영태까지도 이런 점엔 놀랐는지, 생각에 빠져 있었다.

뺑 뚫린 새 라켓의 헤드(Head)에 영석과 진희의 모습이 팔락거리는 종이에 멋들어지게 각인되어 있는 모습.

상상만으로 즐거운 일이었다.

"코치님, 거절할 이유는 없겠죠?"

영석이 빙긋 웃으며 물어왔다.

최영태는 담담히 고개를 끄덕일 뿐이었다.

*　　　　*　　　　*

팡!!

팡!!

코트 한 면에서 영석과 진희가 시커먼 라켓을 연신 휘두르고 있었다.

물론, 최영태가 박스 볼을 던져주고 있었다. 베이스라인 뒤에는 라켓들이 무더기로 놓여 있었다. 강춘수와 강혜수가 갖고 온 평소 사용하던 라켓들도 그 틈바구니 속에 놓여 있었다.

휘휘—

영석과 진희가 끊임없이 라켓을 휘두르며 딱 맞는 '느낌'을 찾아갔다.

'좋은데?'

영석은 여러 가지 의미로 지금의 이 순간을 좋게 받아들이고 있었다.

우선 감각이 돌아오지 않아 걱정이었는데, 라켓을 이것저것 쓰면서 무의식적으로 '뭔가 다를 거다'라는 기대를 해서인지, 조금씩 공을 치는 감각이 돌아오고 있었다.

물론, 시합까지 하기엔 부족한 상태이지만, 이것만으로도 큰 수확이었다.

"서브도 해봐."

최영태의 말에 영석이 눈을 빛내며 팔을 휘둘렀다.

호주 오픈을 석권한 서브가 벼락처럼 내리꽂힌다.

쾅!!!

그렇게 다섯 개의 서브를 듀스 코트에서 펼치고, 애드 코트에서도 다섯 개의 서브를 날린 영석이 마크에게 물었다.

"속도는요?"

마크는 환희에 찬 얼굴로 답했다. 웃고 있는 얼굴이었지만, 등허리에서 식은땀이 쏟아지고 있었다.

손에 든 속도 측정 기구가 잘게 진동하고 있었다.

"열 개의 서브 평균 구속이 233.2㎞/h입니다. 대단하군요!"

영석은 그저 한 줄기의 미소를 마크에게 보여주고 다시 생각에 빠졌다.

'서브야 컨디션하고 상관이 없으니……. 무게는 350g이 한계군. 더 이상 무거워지면 반응이 느려. 밸런스는……'

퍼뜩 고개를 쳐든 영석이 네트 너머 건너편에서 서 있던 최영태를 향해 소리쳤다.

"코치님~! 서브 어땠어요?"

사람이 서 있어야 실전 같은 서브를 칠 수 있다며 영석의 표적(?)이 되어줬던 최영태가 답했다.

"그냥 그래. 평소랑 같다."

신기하게도 웅얼거리는 듯한 말이 똑똑히 들렸다.

영석은 고개를 끄덕이며 그 의견에 동의했다.

'내 취향에 맞는 스펙으로는 이 정도의 서브가 한계야. 탄성이 높은 라켓이면 더 좋을 수도 있지만… 강성이 높은 라켓을 들고

이 정도의 충격량을 계속해서 부담하면 팔꿈치가 버틸 수 없을 것 같기도 하고……'

한편, 진희도 여러 가지로 시험해 보고 있었는지, 강혜수가 던져주는 공을 요리조리 뛰어다니며 경쾌하게 치고 있었다.

"오옷!! 이거 짱인데?"

"어!? 이거 더 대박인데?"

플라시보에 쉽게 넘어가는 성향인지, 진희는 연신 감탄을 하며 많은 라켓을 시험하며 즐거워했다.

*　　　*　　　*

"원하시는 스펙은 다 접수했습니다. 신모델에서는 새로운 자재를 섞어 부드러움과 반발력을 동시에 잡으려는 변화를 보일 겁니다. 혹시 이런 변화가 마음에 드시지 않는다면, 지금 쓰고 있는 모델을 선택하셔도 좋습니다."

마크가 다시 한 번 친절하게 설명을 이었다.

"엥? 그럼 메인 모델을 하는 이유가 없잖아요?"

가만히 앉아 있던 진희가 궁금증을 숨기지 않았다.

이는 합리적인 호기심이었다.

—비싼 계약금을 주고 선수와 계약을 한다.

—신모델의 메인 모델을 부탁한다.

—선수는 구모델을 쓴다.

—동호인은 과연 새로운 라켓에 매력을 느낄까?

라는 과정을 거친 호기심인 것이다.

영석은 답을 알고 있었지만, 가만히 있었다.

여전히, 답을 말해주는 것은 마크의 몫이기 때문이다.

마크는 난처하다는 듯 어색하게 웃으며 답해줬다.

"도색만 신모델과 똑같이 하면 되니까요."

"헤에……."

진희는 새로운 세계를 알게 됐다는 듯, 멍하게 호응했다.

일종의 소비자 기만에 속하는 행위이기도 했다.

'뭐, 나는 그렇게까지 예민할 거 같진 않으니까……. 진희도 그렇고.'

모든 테니스 선수들이 극도로 예민한 것은 아니다.

어떤 선수는 그냥저냥 특성이 비슷한 라켓이면 제조사를 가리지 않고 아무거나 써도 잘한다. 반면, 집착적으로 하나의 모델에만 의존하는 선수들도 '꽤' 많다.

톱 100위 정도에도, 랭킹을 가리지 않고 정말 다양한 집착을 보이는 선수가 무분별하게 분포되어 있는 것이다.

'명필은 붓을 가리지 않는다'고 말하지만, 명필도 가지각색이라는 거다.

루틴을 포함하여 테니스 선수 중엔 이처럼 도무지 이해할 수 없는 집착을 보이는 경우가 많다.

그런 선수들에게 라켓 제조사는 울며 겨자 먹기로 구모델을 계속 생산하여 제공한다. 도색만 새로 출시되는 라켓에 맞춰서 변하는 것이다.

이 '도색'마저도 옛날에 자신이 쓰던 게 좋다는 선수들도 있다.

그런 선수들은 이미 단종된 모델을 계속 쓰기도 한다.

그 선수가 그 예전 모델로 메이저 대회 우승이라도 하는 날에는… 라켓 제조사에서는 정말 통탄할 일이 되는 것이다. '예전 게 더 좋은 거 아냐?'라는 인식이 테니스 팬들에게 인식되기 때문이다.

"괜찮아요. 아까 쳐보니까 말캉말캉한 느낌이 조금 더 있는 것 같기도 하고, 지금이랑 똑같은 것 같기도 하고… 난 오케이!"

진희는 시원하게 답했다.

영석도 고개를 끄덕이며 마크에게 힘이 되는 대답을 했다.

"저도 괜찮습니다."

"아참!!"

진희가 손을 번쩍 들고 안도를 하고 있는 마크를 놀라게 했다.

"신모델은 언제부터 써야 되는 거예요?"

"아마 정식으로 출시되는 시기는 4대 메이저 대회가 모두 끝난 후가 될 것 같습니다."

"그럼 저희가 원하는 스펙으로 지금 쓰고 있는 모델도 만들어 주시는 거죠?"

"그럼요."

진희가 꼬치꼬치 물었고, 마크는 부담이 없는 듯, 흔쾌히 대답했다.

"근데 왜?"

영석이 물었다.

구모델에 조금 집착(?)을 보이는 진희의 모습이 신선했기 때문이다.

그런 의도로 가볍게 내지른 질문이었지만, 영석은 진희의 대답에 어질함을 느꼈다.

"네가 골라준 걸로 우승 한 번은 해야지."

진희는 눈빛으로 영석의 눈을, 말로는 영석의 심장을 관통하며, 라켓을 들고 당장 코트로 나가려는 듯 힘차게 일어났다.

"훈련해요, 코치님. 마크, 다 끝난 거 맞죠?"

마크는 대답 대신 가방을 뒤적거리며 플라스틱으로 포장된 것들을 꺼내서 늘어놓으며 말했다.

"마지막으로 딱 하나만 더 여러분께 제공해 드리고자 합니다."

"뭔데요?"

진희가 다시 자리에 앉으며 물었고, 마크는 자신만만하게 답했다.

"스트링입니다."

*　　　*　　　*

"스트링?"

이번에도 진희는 고개를 갸웃하며 마크를 바라봤다.

"실례지만 지금 쓰고 있는 스트링이 어떤 건지 여쭤봐도 될까요?"

마크의 질문에 가만히 있던 영석이 말을 쏟아냈다.

"진희는 럭실론 알루파워 메인 58, 크로스 54. 저는 퍼시픽 실버 셀렉트 네추럴 메인 55, 크로스 55로 씁니다."

"어, 어……."

기계적으로 쏟아낸 영석의 말에 진희는 눈을 껌뻑이고만 있었다.

'럭실론', '퍼시픽'은 스트링 제조업체의 이름을 뜻한다.

'알루파워', '실버 셀렉트 네추럴'은 스트링에 붙은 이름이다. 쉽게 말해 '제품명'이다.

메인이라는 것은 세로로 매는 줄, 크로스라는 것은 가로로 매는 줄이다. 라켓에 스트링을 맬 때는 가로 줄 따로, 세로 줄 따로 매기 때문에 따로 구분을 해야 한다. 숫자는 '장력'을 뜻한다.

"흠……. 두 선수의 특성에 제법 잘 들어맞는군요. 언제부터 이렇게 쓰셨나요?"

"진희는 55/50에서 조금씩 올렸고, 저는 계속 이렇게 썼습니다."

장력을 높인다는 것은 줄을 팽팽하게 맨다는 것을 뜻한다.

이렇게 될 경우, 컨트롤에 용이해진다는 장점이 있지만, 반발력도 약해지고, 팔에 돌아오는 충격량이 크다. 그래서 라켓 제조사들은 이 충격량을 라켓 자체에서 해소하기 위한 기술을 연구한다.

당연하지만, 스트링과 라켓은 이처럼 밀접한 관계가 있다.

그리고 영석은, 이런 세밀한 조율을 능히 해내고 있었다.

"알루파워는 너무나 유명하죠."

마크는 고개를 끄덕이며 중얼거렸다.

"맞아. 그 스트링 되게 좋아요. 칠 때마다 느끼는 건데, 스핀도 잘 걸리고, 공도 강하게 나가고……."

진희가 호응을 했다.

마크는 영석을 바라보며 생각에 잠겼다.

'어렸을 때부터 똑 부러졌지. 지금 생각해도 신기하군. 어떻게 이런 지식을 그 나이에 알 수 있었지? 그리고 지금까지 본인의 선택으로 다른 선수가 쓰고 있는 스트링의 장력까지 조절했다는 게 참……. 대단한 관찰력이야.'

잠시 생각을 마친 마크가 물었다.

"그러고 보니 영석 선수는 천연 거트를 사용하는군요?"

"네."

고개를 끄덕이는 영석을 본 진희는 어깨를 으쓱하며 영석의 썰렁한 단답을 보완할(?) 말을 이었다.

"천연 거트는 저도 써봤는데, 관리하기 힘들더라고요. 매번 비닐에 싸서 보관해야 하고… 시합 때는 그러려니 하면서 쓸 수 있는데, 평소에 훈련할 때는 정말이지… 귀찮아요."

영석이 늘 라켓을 비닐에 싸서 다니는 이유가 바로 이것이다.

스트링이 '천연 거트'이기 때문이다.

퍼시픽의 '실버 셀렉트 네추럴'은 천연 거트다.

천연 거트란 무엇인가.

우선, 스트링의 종류는 크게 나눠 두 가지가 있다.

1)천연 거트(Natural Gut).

말 그대로 '천연'을 이용하여 제조하는 거트다.

천연의 경우는 스트링이라 하지 않고, '거트'라고 부른다.

주로 소나 양의 내장 기관인 창자(Sheep gut)를 소재로 하기 때문이다.

이런 원재료를 갖고 복잡한 제조 과정을 통해 만들어내며, 타구감, 반발력, 볼 접지력 등… 퍼포먼스 모든 부분에서 최상위를 차지하고 있다. 상당히 제조하기 까다로워서 윌슨을 포함한 몇 개 회사에서만 생산이 가능하다.

단점으로는, 너무나 비싸다는 것, 온도와 습기에 너무나 민감해서 '장력'이 제멋대로 변할 수 있다는 점, 내구성이 약해 격렬하게 시합을 하다 보면 금방 감이 떨어진다는 점이 있다.

2)합성 스트링(Synthetic string).

천연 거트의 장점을 유지하면서 단점을 최소화하는 것에 목적을 둔 거트다.

사실상 합성 물질로 제조를 하기 때문에 이 영역에 속하는 거트는 주로 '스트링'이라 부른다.

얇게 한 가닥씩을 뽑아서 그걸 꼬아낸 멀티필라멘트(Multifilament), 원재료의 이름을 딴 폴리에스터(Polyester), 나일론(Nylon) 등이 있다.

영석의 경우엔 천연 거트를 쓰고 있는 것이고, 진희는 합성 스트링을 쓰고 있는 것이다.

"그래도 천연만큼 손맛이 좋은 게 없어."

영석은 제법 단호하게 자신의 취향을 고수했다.

진희도 그건 인정한다는 듯 고개를 끄덕였다.

"하하……. 물론이죠."

마크가 너스레를 떨며 계속해서 가방에서 플라스틱으로 포장된 것들을 꺼냈다.

어느새 수가 10개가 되자, 그 모습을 힐끗 본 영석이 대뜸 물었다.

"그래서, 이건 뭔가요?"

마크는 크게 고개를 끄덕이며 설명을 했다.

"네. 이번에 저희 회사에서 야심차게 내놓은 스트링, 'VS Team'입니다."

영석은 고개를 크게 끄덕이며 마크의 자부심에 동감을 표해줬다.

'바볼랏은 원래 거트, 스트링 제조업체였어. 품질에 대한 자부심이야… 당연히 대단하겠지.'

언제나처럼 진희가 적극적으로 다가가 물었다.

"하나 꺼내봐도 돼요?"

"물론입니다."

마크의 허락이 떨어지자, 진희는 플라스틱 포장을 벗겨냈다.

그리고 나타난 것은 투명도가 굉장히 낮은, 흔히 말하는 자연색에 가까운 '거트'였다.

"천연이군요."

단박에 알아챈 영석이 말하자, 마크는 고개를 끄덕이며 설명을 이었다.

"네. 천연 거트입니다. 다소 오차가 있을 수는 있습니다만, 자사의 평가에 따르면 현존하는 천연 거트 중에 가장 우수한 반발력과 접지력을 보입니다. 그리고 천연 거트의 중요한 특징… 평균적인 품질 역시 타사 제품에 비해 월등하다고 자부합니다."

자부심을 가질 만했다.

천연 거트라는 것은 많은 부분에서 수작업으로 진행되기 때문에, 품질의 균등함을 구현하기 어렵다. 하지만 바볼랏은 이 점을 해소했다고 하는 것이다.

"내구성은요?"

진희가 흘러가는 듯하면서도 날카로운 질문을 던졌다.

"…솔직히 내구성은 다른 천연 거트들의 평균 수준입니다."

마크는 과대 포장 하지 않고 답했고, 영석은 고개를 끄덕였다.

'어차피 선수들한테 내구성은 중요한 게 아니니까…….'

선수들은 협찬을 받기 때문에, 이 비싼 거트도 물 쓰듯 써재낄 수 있다. 시합 때는 같은 라켓을 몇 자루나 갖고 다니기도 한다. 프로에게 거트의 내구성은 생각만큼 중요한 요소가 아니었다.

"민감도는 어떱니까."

마크는 방금 전과는 달리 자신감이 크게 느껴지는 어조로 답했다.

"외부 환경 변수에 대한 변화도는 지극히 낮습니다. 호주 오픈 같은 무더위에서도 타 제조사들의 제품 대비 1.3~1.8배의 시간 동안 고유의 특성을 유지했습니다. 음, 이런 자료들을 제시하며 설명드리자니 민망하지만……."

마크는 주섬주섬 가방에서 코팅된 종이 뭉치를 꺼내 영석과 진희에게 건넸다.

자료는 이번에 출시된 VS Team의 우수한 점을 실험을 통해 증명한 내용이 빼곡하게 적혀 있었다.

'아무래도 자사에서 만드는 걸 홍보하려면…….'

받아 든 종이를 읽어 내려가던 영석이 고개를 들고 마크에게 물었다.

"그럼 귀사에서 이 거트를 저희에게 제공해 준다고 받아들여도 될까요?"

"무, 물론입니다."

마크는 아주 조금 서두르는 기색으로 나머지 플라스틱 포장을 다 벗겨냈다.

돌돌 말린 스트링이 자태를 드러냈다.

"저희 VS Team은 선수들에게 가장 잘 맞는 두께를 제공해 드리고자, 다양한 두께로 제작되었습니다. 메인과 크로스를 같은 두께로 하셔도 되고, 다른 두께로 하셔도 됩니다."

거트의 두께에 따라 특성이 다르기도 하기 때문에, 두께 또한 중요한 스펙 중 하나이다.

스트링의 두께에 따라 강한 타구를 구사하기에 용이할 수 있지만, 내구성이 좌우될 수도 있기 때문이다.

"헤에……."

진희는 신기한지 한 가닥씩 잡아서 유심히 지켜보기도 했다.

x/100 ㎜ 단위로 다른 두께를 그렇게 쉽게 알아차리긴 힘들지만 말이다.

"일단은 시타해 봐도 될까요?"

영석의 말에 마크가 머리를 긁적이며 답했다.

"아까 시타하실 때 사용하신 라켓엔 일괄적으로 VS Team이 매여 있었습니다."

잠시 멈칫한 영석이 피식 웃으며 말했다.

"그럼 저희가 지금 사용하고 있는 라켓의 거트, 스트링과 비교해 보면 되겠군요. 의식하고 치느냐, 아니냐는 꽤 차이가 있으니까요."

영석이 가방 두 개를 자신의 어깨에 걸치며 말했다.

"감각이 조금이라도 돌아왔을 때 시험해 보죠."

*　　　*　　　*

결국 마크는 이날, 자신이 목표로 한 것들을 모두 충족할 수 있었다.

영석과 진희가 모든 조건을 수용한 것이다.

"천연 거트는 쓸 수 있겠어?"

저녁밥을 먹고 간단히 주변을 산책하기로 한 영석과 진희는 도란도란 대화를 나누고 있었다.

"뭐, 사실 훈련할 때 빼고는 불편한 거 없잖아? 알루파워는 짱짱하긴 한데, 가끔은 딱딱하게 느껴질 때가 있어. 거기다가 마크가 전문 스트링어들까지 붙여준다고 했으니……."

진희의 말에 영석이 고개를 끄덕였다.

보통, 어느 정도 규모 이상의 시합들에는 스트링 제조사에서 스트링을 수리할(맬) 수 있는 수리사들을 파견한다. 거트나 스트링을 매기 위한 기구는 천차만별로, 하나하나 수동식으로 처리하게끔 보조에 그치는 기구가 있는 반면, 자동으로 장력을 체크해 주고, 당겨주는 기계도 있다. 수리사들은 선수가 요구한 수치에 맞춰 라켓에 거트나 스트링을 멘다.

바볼랏은 마크의 자신감에서 알 수 있듯, 세계 최고의 거트와 스트링을 제조한다는 자부심이 있다.

선수가 최상의 퍼포먼스를 펼쳐낼 수 있게끔, 스트링 작업에 많은 신경을 쓴다.

영석과 진희는, 바볼랏에서 특별하게 관리하는 선수가 되었다.

신모델이 나오는 내년에는 전담 스트링어들까지 붙여준다는 조건이 있었다.

선수로서는 더할 나위 없는 조건이다.

"그래, 반발력도 나쁘지 않으니까, 진희 너라면 잘 쓸 거야."

영석의 말에 진희가 배시시 웃으며 와락 안겼다.

"……."

그렇게 품에 안긴 진희의 등을 쓰다듬은 영석의 눈에 노을이 지고 있는 아카데미의 전경이 한가득 들어왔다.

'얼마 전 같네.'

플로리다는 2년이라는, 제법 오랜 시간 만에 오게 되는 거지만… 바로 어제 온 것처럼 익숙했다.

"고마워."

진희는 영석의 품속에서 조용히 중얼거렸다.

영석은 피식 웃으며 진희의 이마에 입을 맞췄다.

"고맙긴."

"…나 다음에는 안 질 거야."

진희의 다짐에 영석이 고개를 모로 꺾는다.

"누구한테?"

"세레나한테. 그리고 너한테."

"뭐?"

진희의 단호한 눈빛을 마주하자 영석은 어깨를 들썩이며 웃었다.

"어? 왜 웃어? 어쭈?"

진희는 당황을 숨긴 채, 영석을 흘겨보며 물었다.

"옛날 생각 나서."

'정확히는 독립 선언(?) 때'라는 뒷말을 삼킨 영석이 진희를 사랑스럽다는 눈빛으로 바라보고는, 번쩍 안아 들었다.

"야, 야! 허리 다쳐!"

공중에 뜬 진희가 어쩔 줄 몰라 하며 영석을 말렸지만, 영석은 기분 좋은 미소를 입에 달면서 연신 '괜찮다'고 말했다.

* * *

2월 13일.

영석과 진희가 플로리다에 온 지도 열흘가량이 지났다.

마크와의 만남 이후 라켓에 대한 의식이 조금 바뀐 것과 최영태의 혹독한 훈련이 맞물려 영석과 진희는 감각을 상당 부분 끌어 올릴 수 있게 되었다.

늘어진 긴장감을 조금은 팽팽하게 만들어놓는 것에 성공한 것이다.

"가게?"

사무실에서 샘이 벌떡 일어나 짐을 싼 영석 일행에게 다가왔다.

눈빛에서 아쉬움이 절절 묻어났다.

"시합하러 가야지."

영석이 빙긋 웃으며 샘의 손을 잡았다.

"어디로? 지금 열리는 대회는 꽤 될 텐데?"

"두바이!"

진희가 두 남자가 맞잡은 손 위에 자신의 손을 올리며 천연덕스럽게 답했다.

"흐음… 그렇구나. 뭐, 너희들이라면 잘하겠지. 아참, 밥 먹고 가. 의도하지 않았지만… 오늘 특식이야. 밥 먹고 공항까지 태워줄게."

샘은 잠시 내비쳤던 아쉬움을 털어내고, 쾌활하게 말했다.

영석은 그 말에 잔웃음을 지었다.

'특식……??'

샘의 아카데미 식당에 대한 근거 없는 자부심은 늘 웃음을 주었다.

"부상 조심하고. 가서 잘해. 언제든 플로리다에 오고. 아니, 어차피 US 오픈 때 미국에 오겠구나. 그때 우리 아카데미에서 점검하면 되겠다. 아, 생각해 보니 조만간 마이애미도 있고, 인디언 웰스도 있네. 아예 상반기는 늘 플로리다에 있는 게 어때?"

유쾌한 샘은 끝까지 따뜻한 말로 영석과 진희의 가슴을 적셨다.

"그래, 또 신세질게."

영석도 연신 웃음을 지으며 샘에게 감사를 표했다.

"잘 다녀와."

"제시한테 안부 전해줘."

진희는 구김 없는 미소로 샘에게 인사를 했다.

최영태도 샘과 악수를 하고, 강씨 남매도 정중하게 인사를 나눴다.

진희가 일행의 맨 앞에서 캐리어를 끌며 활달하게 걸어갔다.

"가자!"

『그랜드슬램』 7권에 계속…

•• 부록 ••

1. 애거시

1.1 통산 커리어

개인전 통산 성적 : 870승 274패
단식 통산 타이틀 획득 : 60회
복식 통산 성적 : 40승 42패
복식 타이틀 획득 : 1회
통산 상금 획득 : 31,152,975 달러

메이저 대회 : 우승 8회 / 준우승 7회

호주 오픈 : 우승 4회(1995, 2000, 2001, 2003)
프랑스 오픈 : 우승 1회(1999) / 준우승 2회(1990, 1991)

윔블던 : 우승 1회(1992) / 준우승 1회(1999)

US 오픈 : 우승 2회(1994, 1999) / 준우승 4회(1990, 1995, 2002, 2005)

기타 대회

마스터스 컵 : 우승 1회(1990) / 준우승 3회(1999, 2000, 2003)

마스터스 시리즈 : 우승 17회[4] / 준우승 5회

올림픽 메달 : 1996 애틀랜타 올림픽 남자 단식 금메달

1.2 개괄

피트 샘프러스의 라이벌로 기억되는 미국 선수.

야성적인 스타일의 미남이었고, 튀는 패션으로 젊은 시절에는 이름과 더불어 여자들에게 엄청난 인기를 끄는 청춘스타이기도 했습니다.

라이벌이었던 샘프러스에 비해 애거시가 좀 더 방어적이고 침착한 운영을 즐겨 합니다.

특히 베이스라인에서의 질긴 수비가 강점입니다. 더불어 톱스핀, 슬라이스 같은 스핀을 주는 스트로크보다 플랫성 볼을 즐겨해서 수비적인 스타일임에도 불구하고 게임 속도가 굉장히 빠른 타입에 속했습니다.

1.3 생애

그의 아버지는 아르메니아 및 아시리아계의 혈통을 가진 이란인으로, 미국으로 이민 오기 전 1948년 하계 올림픽에서 이란의 복싱 국가 대표 선수로 출전하기도 했었습니다. 전해지는 바에 따르면 애거시의 아버지는 애거시의 경기에 망치를 갖고 와 애거시가 실점할 때마다 펜스를 망치로 때려대는 다소 괴팍한 성격의 소유자였다고 알려져 있습니다. 때로는 경기 진행자에게 소리를 친 적도 있으며 이 때문에 강제 퇴장 당한 경력이 한 번 이상 있습니다.

애거시는 13세 때 플로리다에 있는 닉 볼리티에리 테니스 아카데미로 보내졌습니다. 경제적 형편이 넉넉지 못했던 탓에 애초에는 8주만 다닐 계획이었으나, 아카데미 원장인 볼리티에리는 애거시의 랠리를 10분간 지켜본 후 마이크 애거시에게 애거시는 무료로 아카데미를 다니게 해줄 것을 약속했습니다.

1.4 선수 생활

1986년 프로에 데뷔하여 1988년에 겨우 만 18세의 나이로 프랑스 오픈 남자 단식과 US 오픈 남자 단식에서 4강에 올랐고 1990년에는 만 20세의 나이로 프랑스 오픈 남자 단식과 US 오픈 남자 단식에서는 결승전까지 진출하였으며 11월에 독일의 프랑크푸르트에서 열린 마스터스 컵 남자 단식에 출전하여선 4강전에서 당시 세계 랭킹 2위이던 보리스 베커(독일)를 2 : 0(6 : 2,

6 : 4)으로 꺾고 처음으로 결승전에 진출하였습니다. 결승전에선 세계 랭킹 1위이던 스테판 에드베리(스웨덴)에게 3 : 1(5 : 7, 7 : 6, 7 : 5, 6 : 2)의 역전승을 거두고 커리어 처음이자 마지막 마스터스 컵 남자 단식 우승을 달성하였습니다.

하지만 그의 자서전에 따르면 그는 어린 나이에 아버지의 아동 학대에 가까운 폭력적인 테니스 영재 교육을 받고 자랐으며 이런 아버지의 조기교육은 빠르게 애거시의 테니스 재능을 개화하는 데 도움을 주었지만 아동 학대에 가까운 이런 행위가 커다란 마음의 상처가 되었고 그의 마음에 커다란 분노의 상처를 남겼다고 합니다. 젊은 시절 보여주던 면모는 이런 분노를 사람들에게 보이지 않으려는 방패였던 것입니다.

그리고 1992년에는 만 22세의 나이로 윔블던 남자 단식에서 우승 후보이던 세계 랭킹 5위의 보리스 베커(독일)에게 8강전에서 3 : 2(4 : 6, 6 : 2, 6 : 2, 4 : 6, 6 : 3)의 역전승을 거두고 결승전에서도 세계 랭킹 5위인 고란 이바니세비치(크로아티아)에게 3 : 2(6 : 7〈8 : 10〉, 6 : 4, 6 : 4, 1 : 6, 6 : 4)의 역전승을 거두면서 우승을 따내어 첫 메이저 대회 남자 단식 우승 겸 첫 윔블던 남자 단식 우승을 해내는 등 성공 가도를 달렸지만 이런 우승들도 그의 어린 시절 아버지에게 당한 마음의 상처를 치유해 주기는커녕 악화시켰으며 1996년부터 정신적인 고통은 더욱 심해졌습니다.

1996년 내내 좋지 못한 경기력을 보였지만 그래도 일시적으로 여름 무렵에는 심기일전해서 1996 애틀랜타 올림픽 테니스 남자 단식에선 세르지 부르게라(스페인)를 3 : 0(6 : 2, 6 : 3, 6 : 1)으로 누르고 금메달까지 따냈고 이 시기에 출전한 다른 대회들에서도 성적이 좋았습니다. 하지만 결국 어릴 때의 정신적인 상처를 억지로 누르던 것이 터지면서 1997년에 들어서자 애거시는 완전히 붕괴되고 맙니다.

당시 마음의 상처를 감당하지 못한 애거시는 마약에까지 손댔고 ATP의 약물검사에 마약 복용이 걸릴 정도였습니다. 마약 복용에 대해서는 ATP에 우연히 들른 클럽에서 다른 사람이 먹다가 남긴 음료수 잔의 음료를 마셨는데 그 잔의 음료 속에 마약이 들어 있었던 것 같다고 해명했고 이 해명이 ATP에 받아들여져 당시에는 큰 징계는 받지 않았으나 은퇴 후 발간한 자서전에서 실제로는 그 해명은 거짓이었고 스스로 마약을 복용했다는 것을 고백하여 비난을 받기도 했습니다.

결국 애거시는 어릴 때의 심리적인 상처로 인한 정신적인 문제가 극대화된 1997년에 최악의 부진에 빠지면서 상당수 대회를 불참하고 출전한 대회에서도 조기 탈락을 반복하면서 무관에 그치고 맙니다. 애거시는 1997년에 세계 랭킹 8위로 시작하였는데 110위로 추락하였고 이런 애거시의 몰락은 당시 애거시의 어린 시절의 마음의 상처에서 기인한 정신적인 문제를 모르던 대중들에겐 방탕한 생활을 하던 선수의 자업자득으로 생각하여 대부분의 사람들이 애거시의 테니스 커리어는 끝났다고 생각할 정도였습니다.

하지만 다행히도 이렇게 애거시가 몰락할 즈음 할리우드 스타인 브룩 실즈와 만나 연애를 하게 되었습니다. 당시 실즈는 애거시가 유명한 테니스 선수라는 정도는 알고 있었지만 사실 테니스 쪽에 대해서는 완전 문외한이었기 때문에 도리어 당시 극도로 정신 상태가 좋지 못하던 애거시에게는 실즈가 좋은 마음의 보금자리가 되어주었다고 합니다. 이렇게 브룩 실즈와의 사랑이 깊어지면서 애거시의 정신적인 상처는 회복되고 성실한 선수가 되어 재기하게 됩니다.

애거시는 열심히 훈련하였고 그의 자서전에 따르면 심기일전을 위해 체면 따위는 버리고 아예 처음 시니어 선수로 나설 때처럼 갓 프로 선수가 된 선수들이나 출전하는 챌린저 대회에 출전하면서 다시 테니스에 도전하기 시작합니다. 자기 자신을 채찍질하기 위해서 일부러 이렇게 창피한 선택을 했던 것이라고 합니다.

그리고 이렇게 출전한 챌린저 대회 남자 단식에서 우승을 거두면서 애거시는 자신감을 회복했고 1998년 2월에 미국 캘리포니아 주 산호세에서 열린 ATP 투어 산호세 오픈 남자 단식에선 라이벌 피트 샘프러스를 2 : 0(6 : 2, 6 : 4)으로 꺾고 애거시가 재기했음을 세상에 알리게 됩니다. 애거시는 1998년에만 마스터스 마이애미 오픈 남자 단식 준우승, 마스터스 캐나다 로저스 컵 남자 단식 4강 진출, ATP 투어 남자 단식에서 우승 5회, 준우승 3회를 기록하여 1998년 초에 110위로 추락해 있던 세계 랭킹이 1998년이 끝날 때는 6위로 복귀함으로써 완벽히 부활했음을 사람들에게 보여줍니다.

성실한 테니스 선수로 부활한 후 1999년 프랑스 오픈 남자 단식에 출전한 애거시는 결승전에서 안드레이 메드베데프(우크라이나)에게 3 : 2(1 : 6, 2 : 6, 6 : 4, 6 : 3, 6 : 4)의 역전승을 거두고 우승함으로써 대망의 커리어 골든슬램을 달성하였는데 이는 오픈 시대 이후 남자 테니스 선수로는 최초의 달성이었습니다. 커리어 그랜드슬램으로도 1969년에 로드 레이버가 달성한 이후 남자 테니스 선수로는 두 번째 달성한 대기록이었습니다.

애거시의 여덟 번째 메이저 대회 남자 단식 우승 겸 마지막 메이저 대회 남자 단식 우승도 회자될 만한데, 선수로서 황혼기인 만 32세 9개월의 나이에 출전한 2003년 호주 오픈 남자 단식 결승전에서 라이너 슈틀러(독일)를 3 : 0(6 : 2, 6 : 2, 6 : 1)으로 격파하고 우승을 달성한 것입니다.

그리고 2005년에 애거시는 테니스 선수로는 환갑의 나이로 평가되는 무려 만 35세 4개월의 나이로 US 오픈 남자 단식에 출전하여 16강전, 8강전, 4강전을 모두 5세트까지 가는 풀세트 접전 끝에 상대 선수들을 모두 3 : 2로 누르고 마지막 메이저 대회 남자 단식 결승 진출 겸 마지막 US 오픈 남자 단식 결승 진출을 이루는 데 성공했습니다. 라이벌이었던 샘프라스처럼 고국의 팬들 앞에서 테니스 대회 중 최고 권위를 갖는 메이저 대회 남자 단식 우승으로 은퇴를 장식할 찬스를 잡은 것입니다.

하지만 결승전 상대는 세계 랭킹 1위로 이미 전성기에 접어들어 말 그대로 거의 무적의 포스를 내뿜던 테니스 황제 로저 페더러였고 결승전에서 백전노장 애거시는 10살 이상 어린 테니스 황제 페더러를 상대로 엄청나게 분전하면서 2세트를 따내고 3세트도 중반까지 4 : 2로 앞설 정도로 투지 있는 플레이를 펼쳤습니다.

하지만 애거시는 이미 30대 중반의 나이였고 결승 진출 전의

3경기를 연속으로 5세트까지 가는 풀세트 접전을 펼친 탓에 결국 3세트 중반부터 체력이 급격히 떨어지면서 결국 3세트를 타이브레이크까지 가면서 패하였고 이어서 4세트에선 무기력하게 무너지면서 세트 스코어 1 : 3(3 : 6, 6 : 2, 6 : 7⟨1 : 7⟩, 1 : 6)으로 패배하여 커리어 마지막 메이저 대회 남자 단식 및 US 오픈 남자 단식 결승 진출은 준우승으로 끝마치게 됩니다.

*자료의 상당 부분은 위키피디아를 참조하였습니다

GRAND SLAM
FUSION FANTASTIC STORY
자미소 장편소설
그랜드슬램